于老师的恋爱时代

YU LAO SHI DE LIAN AI SHI DAI

范小青

长篇小说系列

FAN XIAO QING

人民文学出版社

图书在版编目（CIP）数据

于老师的恋爱时代/范小青著. —北京：人民文学出版社，2015
（范小青长篇小说系列）
ISBN 978-7-02-010988-3

Ⅰ.①于… Ⅱ.①范… Ⅲ.①长篇小说—中国—当代 Ⅳ.①I247.5

中国版本图书馆 CIP 数据核字（2015）第 120124 号

责任编辑　包兰英
装帧设计　陶　雷
责任印制　史　帅

出版发行　人民文学出版社
社　　址　北京市朝内大街 166 号
邮政编码　100705
网　　址　http：//www.rw-cn.com

印　　刷　北京季蜂印刷有限公司
经　　销　全国新华书店等

字　　数　127 千字
开　　本　680 毫米×1000 毫米　1/16
印　　张　11.5　插页 3
印　　数　1—5000
版　　次　2016 年 10 月北京第 1 版
印　　次　2016 年 10 月第 1 次印刷

书　　号　978-7-02-010988-3
定　　价　28.00 元

如有印装质量问题，请与本社图书销售中心调换。电话：010-65233595

第 一 部

第 1 章

那一年我七岁。听到妈妈和爸爸在说话,妈妈说,于老师来过了,于老师叫连生去上学。于是爸爸就带我去上学了。爸爸牵着我的手,把我交到于老师手里,爸爸说,老师,连生就交给你了。

笑眯眯的就是于老师了,他那时候有二十多岁,穿着一件旧土布褂子,头发剃得短短的。于老师伸出手来拉住了我。爸爸说,你叫于老师呢。我就叫了一声于老师。其实我以前也叫过于老师的,我们村里的小孩,在没有上学之前,都到学校来过,我们在教室外面看于老师上课,于老师上课的时候常常有一缕太阳光照在他的脸上,于老师的眼睛有时候是眯着的,我们在外面叽叽喳喳吵闹的时候,于老师会对我们摆摆手,我们就不吵闹了,我们坐在教室外面的地上,看着麻雀在学校前的空地上飞来飞去,飞上飞下,其实它们找错了地方,这里又不是打谷场,没有东西可以让它们吃的。这时候我们就会听见于老师打算盘,啪啦啪啦的声音,于老师一边打算盘一边说,一上一,二上二,三上三,四上四,我们就低声地笑起来了。现在我就要坐到教室里去了,我往教室里走的时候,回头看了看爸爸,爸爸向我挥了挥手,去吧去吧,他说。

其实我还知道于老师的其他一些事情，比如于老师的名字叫老七。听爸爸说，从前于老师没有做老师的时候，村里人都叫他老七，后来于老师做老师了，大家就叫他于老师，再也没有人叫他老七了。

还有就是于老师是没有老婆的，这件事情我经常听到奶奶和妈妈在谈论，奶奶说，于老师也该找老婆了。妈妈说，是的呀，于老师再不找老婆，就要高不成低不就了。奶奶说，怎么不是呢。奇怪的是平时奶奶和妈妈在许多事情上意见都是不一样的，但是在于老师找老婆的问题上，她们的想法就变得完全一致了。但是爸爸和她们却不一致的，爸爸说奶奶和妈妈是头发长见识短，爸爸说，像于老师这样的人，哪里能够马马虎虎就结了婚呢，你以为他是平平常常的人吗？我可以看出来，爸爸是向往于老师的，爸爸曾经跟我说过，他小时候也是想念书的，可能也想像于老师一样做老师的呢，可是家里没有让他念书，他就做不成老师了。村里有许多像爸爸这样的人，他们都很看重于老师，有时候女人要给于老师介绍对象，他们就会说她们头发长见识短，说她们鼠目寸光等等，因此给于老师介绍对象的事情，总是由村长出面的。

因此我那时候总是想于老师是不是已经很老了，其实于老师也才二十几岁，只不过村里的男人到了二十岁都要结婚了，结婚一年以后，他们都做爸爸了，所以就觉得于老师结婚很晚了。

我们的学校建在运河边上的田野里，四周没有房屋，显得孤零零的，只有一间教室，是草屋子，从一年级到四年级的同学都坐在这里，老师也只有一个，他当然就是于老师了。

于老师究竟有多高的文化，他是在哪里念书的，念到什么毕业，那时候我们都不大知道的。有的同学说，于老师高中毕业，有的同学说于老师初中毕业,有时候我就反对他们,我说,于老师是大学生。我怎么知道的呢,其实我一点也不知道,但我就是那样说的,于老师知道很多很多事情,他像一本大辞典,我们可以从于老师那里翻到许多知识。

那时候教室里乱七八糟地坐着像我这样的孩子,他们有的比我大一点,有的比我小一点,我们都在吵吵闹闹,拿书扔来扔去的时候,于老师走进来了,他看了看教室后面那口土灶,问道,今天谁值日?

同学们说,赵连生。

赵连生就是我,我提着水桶,穿过桑地,如果是在春天,我们会去采桑枣的,但是这件事情不一定发生在春天,可能那时没有桑枣,所以我没有停留,穿过桑地,就走到了河边。这就是我们的大运河,有船从河上经过的时候,浪就大起来,泼到岸上,我会往后面一退,水不会打湿我的鞋,如果我顾着看船上的什么东西,水就会泼到我的鞋上,鞋就湿了。于老师说,常在河边走,哪有不湿鞋。船上有什么东西呢?有时候会有一只小狗,它对着岸上的我大声地叫一叫,我也会对着它叫几声的,使它不知道我是谁,它会停止叫喊,歪着脑袋远远地看我,我高兴的时候就扔一块泥巴过去,但是泥巴总是落在水里,扔不到船上,船就过去了。有时候是一个船队,一只船连着一只船,有十几只船连在一起,从前我一直不知道它们为什么要连在一起走,每只船的样子都是一样的,船上的人也长得差不多,也有小孩子,他们看起来总是显得特别小,后来我知道这是因为距离,就像后来我有机会站到山顶上看山脚下的人,他们像蚂蚁一样在行走。于老师说运河一直可以流淌到杭州,杭州是个什么地方呢,我不知道的,我也没有朝杭州的方向看一看,我只是在河边舀了满满的一桶水，虽然我年龄不大，但是我有力气的。

我拎水的时候，桑地里的妇女会和我说话，有时候我妈妈也会在，有时候她不在，其他的妇女也会和我说话的，哎呀呀，她们说，连生你力气大得来。

连生啊，她说，你们于老师在不在？

在的。

你们于老师会说普通话的，她说，是不是。

当然是的。

像广播里的一样，她说。

当然是的。

漆（吃）饭说成痴（吃）饭的。

假如她们是有几人在的，她们就会一起笑起来。

嘻嘻嘻。

嘿嘿嘿。

痴饭。

痴饭。

嘻嘻嘻。

其实你们才好笑呢，那时候我心里想，你们是三天里不上工的那种。

所谓的三天里不上工，是那时候嘲笑听不懂普通话的农民，报天气预报的播音员说三千米上空，他就说是三天里不上工，后面还有很长的故事呢。

然后她们就不再问我什么话了，她们就自己谈于老师了，好像她们多么了解于老师似的。

属牛的。

不对吧,属牛二十八了,他看起来有那么老吗?

嘻嘻。

要不你自己去问问他。

你去问。

有一个妇女就唱山歌了:

八字写来像眉毛,

杨五郎出家做和尚,

五台山上会师傅,

弟兄相会杨六郎。

我把水桶拎到教室里,举起来,水桶里的水就哗哗地倒进大铁锅里了,同学们七手八脚地把自己带的饭放到大锅里去蒸,我蹲在土灶前点火,我不大会用火柴,点了几次才点着了,因为做柴火的桑枝是潮的,烟就从灶肚子里跑出来了,弥漫在教室里,于老师咳嗽起来。

于老师一边咳嗽一边敲了敲桌子,同学们,于老师说,同学们,上课了。

这就是我们的小学。

第 2 章

拖拉机的声音由远而近,突突突,突突突,同学们就分心了,他们伸头探脑地想看看外面有什么事情。学校离村子有一段路,所以学校附近一般是没有拖拉机来的,除非有什么人来了,或者有人来找什么人,同学们希望在沉闷的学习期间,发生一点什么事情。

于老师在黑板上写字,当他转过身来的时候,看到同学们朝外看着呢,有的甚至还站起来了,站起来的那个同学就是我。我站起来就看到村长从拖拉机上跳下来,他跳下来的时候朝开拖拉机的坤生做了个手势,这时候我听见于老师说,同学们,安心上课。

于老师的话音刚落,村长就跑了进来,他有点急吼吼的样子,脸也有点红,他一边走进我们的教室嘴里一边说着,下课了,下课了。

外面的拖拉机没有熄火,它的发动机还响着,突突突、突突突的声音仍然在传来,村长说了几遍下课了,他的眼睛就看定了于老师,好像在等于老师说话。

我们也都看着于老师,但是于老师好像有些不知所措,他好像不知道发生了什么事情,呆呆地站在那里。

咦,村长说,咦咦。

噢噢,于老师后来才想了起来,他拍了拍自己的脑门儿,噢噢,哎呀呀,他说,我忘记了。

怎么可以忘记呢,村长有些严肃地说,这怎么能忘记呢?

于老师现在回过神来了,他拿起书来,对我们说,今天老师有点事情,要先走,你们呢,现在老师布置作业,一二年级,抄三遍课文,三四年级,做算术练习题,从第几页到第几页……

哎呀呀,村长去拿走了于老师的书,村长说,老师,你去换一件衣服。

于老师不好意思地笑了笑,还要换衣服吗? 他说。

当然要的,村长说。

于老师到自己宿舍去的时候,村长朝我们挥着手,回去吧回去吧,今天放学了,村长说,于老师要讨老婆了。

哦呵呵,哦呵呵,我们叫唤起来,有一个同学已经编了顺口溜了,他唱道:于老师,讨娘子,造房子,养儿子……

这个编顺口溜的同学就是我,我叫赵连生。

我唱的顺口溜,在最短的时间里便被同学们学去了,于是我们就一起唱了:于老师,讨娘子,造房子,养儿子……

于老师换了衣服走出来的时候,听到了我们的歌,有点不好意思了,他说,你们不要乱说,还没有最后定呢。

村长不同意于老师的说法,他说,看一看,满意的,就是定了,至于造房子、养儿子,都是铁定的事情,怎么说没有定呢,咦咦?村长说了几句话后,才注意到于老师刚换上去的衣服,咦咦,你怎么穿这个衣服? 村长说,还不如刚才的呢。

于老师往自己身上看看,不如刚才的?他有些疑惑,我还以为这件好呢,要是你觉得这件不好,我就去换回来。

算了算了,村长拦住于老师,你再磨来磨去,时间来不及了。村长脱下自己的中山装让于老师穿上,因为村长比较胖,于老师穿了村长的衣服,空落落的,撑不起来,有点滑稽。我们看着,都大笑起来,村长却很满意,他退出一步又看了看于老师的模样,村长说,好,这件好,于老师就跟着村长走了,我们跟在后面,仍然唱着我编的顺口溜,我还在继续往下编着:养儿子,抱孙子,抱着孙子啃阿爹……

其实我也不懂的,是平时听大人说的,一即兴的时候就想起来了,并且搬到于老师身上。

拖拉机上还有几个人坐着,他们看到于老师过来,都和于老师打招呼。

于老师到镇上去啊。

于老师下课了啊。

于老师今天精神足得来。

于老师说,你们也到镇上去啊。

到镇上去。

要增加两张蚕种。

噢噢。

我要扯一块布料。

噢噢。

扯一块布料做条裤子,下个月要出客了。

噢噢。

你出什么客呢,村长说,这又不是新年头里,出什么客呢。

我要到南浔去,南浔我婶娘家的儿子讨新媳妇。

咦咦,村长说,又不是新年头里,怎么这个辰光讨新媳妇呢?

我不晓得,她说,我婶娘叫我去我就去了。

南浔是好地方,于老师说。

南浔有什么呢? 一个人问。

有一个嘉业堂藏书楼,于老师说。

嘉什么堂什么楼是什么呢? 有一个人问道。

你不懂的,村长说,南浔还有小莲庄呢。

小莲庄是什么呢?

问于老师好了,村长说。

小莲庄是刘墉住过的地方,于老师说。

刘墉吗? 刘墉是谁呢?

坤生一直在弄拖拉机,走呀,走呀,他对拖拉机说,走呀,但是拖拉机只是突突突地响,却不肯动,坤生有点生气了,他踢了它两脚,它还是不动。

出问题了,坤生说,我检查检查。

你哪天不出问题的,村长说,叫你修好,你不修好,到要用的时候,就喇叭腔了。

我修好的,坤生说,我明明是修好的。

坤生跳下去,他蹲在拖拉机的旁边,是想去检查的,可是拖拉机突然蹦了一下,跳起来自己就开动了往前跑了。坤生吓了一跳,咦咦,神经病,他赶紧追了两步跳上去,拖拉机就上路了。

我们跟着拖拉机跑,大声地唱着,唱了几句,我觉得我编的顺口溜并不好听,便改了口唱道:

> 咿呀咿呀踏水车，
>
> 水车沟里有条蛇，
>
> 游来游去捉蛤蟆，
>
> 蛤蟆绊了青草里，
>
> 青草开花结牡丹，
>
> 牡丹娘子要嫁人，
>
> 石榴姐姐做媒人。

这不是我编出来的，是现成的山歌。

同学们很快地跟上我的思路，我们大家齐声唱道：

> 牡丹娘子要嫁人，
>
> 石榴姐姐做媒人。

于老师从拖拉机上站起来，向我们摆手，不要唱了，回去吧，回去做作业。

拖拉机开得很慢，所以它并没有扔下我们，我们可以一直跟着它走，村长有些着急了，这么开法，村长说，开到什么时候才能到镇上？

拖拉机在村口要转弯了，我们跑得也有点累了，终于停了下来，但是大家还在七嘴八舌。

讨个漂亮的。

讨个胖的。

有一个大一点的孩子说，讨周玉兰。

周玉兰是谁？

周玉兰你都不知道呀？

我那时候也不知道周玉兰是谁，后来我知道了，她是文艺宣传队里最漂亮的女演员。

拖拉机拐了个弯，却又出奇地快起来，我们看见它一下蹿出去老远了，并且越开越快，村长一急之后站了起来大声说，还是稳一点，坤生，开慢一些，可是这个拖拉机快上去又慢不下来了。

我们看见村长被拖拉机颠得跌来倒去的，他跌到一个人身上，站起来，又跌到另一个人身上，我们嘻嘻地笑了，又唱起来：

一记耳光，

拍到里床，

里床有只缸，

缸里有个蛋，

蛋里有个黄，

黄里有个小和尚。

村长说，等于老师成亲时我要到隔壁村子去借新的拖拉机。

这时候拖拉机已经离我们很远了，它还有突突突很响的声音，其实我们是不可能听到村长说这句话的。

第 3 章

月儿就是在这个时候走进故事的。

月儿能够再次走进故事里,完全是因为老庞。老庞是电影编剧。

我刚见到老庞时,他一边伸出手来一边说,我姓庞,你就叫我老庞好了。

老庞是后来注意到我桌子上的那张照片的,是我和于老师、月儿三个人的合影,那是我们小学毕业那一年拍的,月儿扎着两条羊角辫。

这是你爸爸吗,老庞指着于老师问我。

不是的,是我的老师,我说,于老师。

这个是你的同学,老庞又指了指月儿。

是的,我说。

这个小女孩很漂亮,老庞说。

就在这一刹那,我的内心涌动起来,埋藏于心底深处的东西奔涌而出,我脱口道,老庞,你想听听月儿的故事吗?

老庞听我这么一说,眼睛猛地一亮,精神格外地振奋起来,想听,想听,他说。

月儿终于从我的心底深处走出来了,她也走进了老庞的内心。

老庞开始记录我的故事。

在老庞那个很大的,封面是黑色的本子上,故事就这样开始了:

有关乡村的记忆,全是从这一个夏天的傍晚开始的。差不多是蚕儿吐丝结茧的日子,村子里弥漫着青色的桑叶的味道。

蚕儿上山了,织成的茧子,挂在麦柴扎成的三脚秆上,像一盏盏白灯笼。

老庞觉得我的名字符合南方农村的气息,所以就用了我的真实姓名。他征求过我的意见,我说好的。后来电影拍出来了,村里人看过电影以后,都说,咦,连生比小时候神气多了,他们把演赵连生的演员和我混为一谈了,我想跟他们解释那不是我,但是他们说,是你,就是你,就是赵连生嘛,怎么会不是你,后来我就不再解释了,因为我心里很喜欢他们这么说的。

其实在许多问题上,尤其是对于老师怎么看,我和老庞是有分歧的。老庞曾经对我说,于老师是什么。我理解老庞的意思。

在老庞的记录里,月儿出场了:

夕阳西下,乡村的一条小道上,六岁的农村女孩月儿背着一筐蚕茧在小道上走着,蚕筐压得她的嫩弱的背有点弯了,她的脸上挂着汗珠,脚上穿着一双花布鞋,花布鞋的鞋面是用各种各色的碎布拼起来的,鞋的五颜六色与灰秃秃的路面形成色彩上的对比。

小道两边是大片的桑地,桑叶正绿,当月儿走远时,远远看过去,绿色丛中有一点白色,在夕阳下闪烁着。

小花布鞋走在狭窄的田埂上,走着走着,泥的田埂变成了石板街,月儿走到小镇上了,夕阳的最后一道余光,落在细细长长的街上。

街上有一排商店,有杂货店、洋铁皮店、烟纸店等等,中药房里弥漫出中草药的味道,月儿小小的身影匆匆地穿过长街,来到茧站。

茧站是一座老式的房子,里边有几个工作人员正在准备下班,小李看了看墙上的老式挂钟,老张走到门口,将沉重的大门慢慢地推上,大门发出吱呀吱呀的声响,正在这时,老张的眼帘里出现了一双小脚,穿着碎花的布鞋,沾着些泥土,老张又重新把门拉开来。

小花布鞋费力地翻进高高的门槛,月儿用力地将装蚕茧的筐从背上放下来,再举到柜台上,但是她个子太小,双臂又没有力量,颤颤抖抖地举不起来,柜台上四只大手将筐接了上去。

一只大手在茧子里翻了翻,另一只手抓起一颗茧子闻着,又放在耳边摇了摇。

月儿踮着脚想往柜台上看,但是她看不见,她的背影在巨大的柜台面前显得十分的弱小。

老张:熟了吧?

小李:熟了,还没透。

老张:收不收?

小李:收了吧。

老张从高高的柜台后探出头来看看月儿,哪个村的?

小李在里边说,前窑村老杜家的。

柜台里的人在过秤、定等级、算钱,月儿仍然是那个踮脚往上看的姿势。

终于,老张探出身子,俯下来,把钱塞到月儿手里,此时,才是月儿的第一个正面,月儿笑了,她的笑容既灿烂,又让人心酸。她的手里,紧紧地攥着票子。

老张:你爹的病怎么样了?

月儿开心:昨天吃了两碗饭。

老张狐疑的脸,其他人也将信将疑。

从茧站的柜台换到药房的柜台,紧紧攥着票子的小手伸到了药房的柜台上。

王芳说,方子呢。

月儿想了想,将攥在另一只手里的方子递上去,方子揉得很皱,上面的字已经有些模糊。

老中医坐在堂里给一个病人把脉,王芳将方子交给老中医,老中医看了看,是我开的。他重新将看不清的字写清楚了,回头问月儿,你爹怎么样了?

月儿开心:昨天吃了两碗饭。

王芳:是不是身体好多了?

老中医却摇了摇头,眼睛里满是担忧。

王芳抓药、称药,另一个病人过来看了看,这是大黄,很苦的。

月儿:阿姨,有没有不苦的药?

王芳:小妹妹,药都是苦的。

病人:良药苦口利于病,小妹妹,你以后上了学就会知道的。

月儿很难过地咧了咧嘴,长长的一扎药扎好了,月儿拎在手里,几乎要拖到地上了。月儿将药小心地放到背篓里,又小心地背上背篓。

月儿跨出药房的门槛,就被街头一景吸引住了,这是卖棉花糖的,一个铁皮的筒,加一小勺白糖,一转,就变成一大团像棉花一样的东西,月儿从来没有看见过,她问别人这是什么,人家告诉她这是棉花糖,月儿问甜不甜,人家说,糖总是甜的,月儿咽了口唾沫,用手里攥着的最后几分钱,买了一捧棉花糖。

旁边的人在说,棉花糖要快点吃的,时间长了会融化,最后成了一摊水,说话声中,月儿两只小脚上的花布鞋拼命地在街上奔着,然后又奔到乡下的田埂上……

天色已经渐渐地暗下来……

在对老庞的叙述中,我的记忆一次又一次地回到我的童年和少年时代,好像现在于老师就站在我的面前,也好像月儿就坐在我的身边,现在我也走在和那时的于老师同样的年龄上了,想到这一点,我就觉得于老师走过的足迹在现在看来似乎总是歪扭,但却远比我们的清楚。那是为什么?我问老庞。

月儿捧着棉花糖,额上的汗又开始冒出来,她的眼睛一直盯着棉花糖,棉花糖正在慢慢地变小。

拖拉机的突突声越来越近,但是画面上看不到拖拉机,只有月儿手里越来越小的棉花糖。

迎面,月儿的姐姐荷花正在向月儿奔过来,由于月儿一心关注着棉花糖,等到她看到姐姐时,姐姐已经到她眼前了,月儿高兴地大声说,姐姐,我买棉花糖给爸爸吃,爸爸吃药就不苦了。

姐姐满脸泪水,月儿,爸爸死了。

月儿愣住了,这时候她手里的棉花糖已经化掉了,只剩一小摊黏糊糊的糖汁,月儿哇地大哭起来,棉花糖没有了,棉花糖没有了,爸爸吃不到棉花糖了。

天色微黑,坤生突然发现月儿站在路中央,他急忙刹车,但一刹车的拖拉机反而发了疯似的冲出去……

月儿倒在拖拉机下,背篓里的药撒了一地……

时隔多年以后,我仍然记得,那时候我和同学们一起奔过来,挤在人群中往里看,我看不到全部的情形,只看到月儿的眼睛,那双眼睛里传递出来的东西,像雷一样击中了我,永远也不能从我的心里抹去。

拖拉机翻倒了,大家都摔在地上,然后忙乱地爬起来,于老师的衣服上沾满了泥,他被惊吓得发了呆,伸着两条胳膊站在那里发愣,有许多人很混乱地喊,快救救小孩,快救救小孩!

村长弯下腰去,他想把月儿抱起来,月儿却挣扎着,爬着,用两只小手在抓撒了一地的中药,村长说,不用抓了,你爸爸已经……

月儿不理睬他,继续抓着,连泥带药……

于老师终于清醒过来了,他从村长手里接过月儿,在乡间的路上狂奔起来,我们都紧紧地跟在他的后面,追着追着,几乎就追不动了,我头一次感觉到于老师奔跑的速度简直像飞一样,在我们长大以后,曾经问起过于老师,于老师说,你们一定记错了,我跑步不快的,我在上学的时候,不管是短跑还是长跑,从来都没有及格过。不知道是我的记忆有误,还是因为那时候我们太小。

但是有一点是确定的,于老师抱着月儿跑,他跑错了方向,向村里去了,我们竟然也没有发现于老师的这个错误,事后雪生说他是发现的,但是他以为于老师是要把月儿送回家去,所以才没有吭声,只是跟着跑的,但是我不相信雪生的话。

　　村长和其他人终于把拖拉机扶了起来,拖拉机追了上来,村长把于老师拉上拖拉机,一直到这时候,于老师也没有发现自己是跑错了方向,月儿在他的怀里一点声息都没有,反而是于老师不停地哼哼着。以后我们会知道形容痛苦的哼哼可以用"呻吟"这样的词语,但是当时我们还小,只是一年级的学生,我们不知道的,只是听到于老师在嗯哼哼嗯哼哼。以后于老师也一样不承认这件事情,他说,怎么可能呢,我又没有受伤,我怎么会哼哼,一定是你们记错了。反正在以后的日子里,于老师会否认很多很多事情的。

第 4 章

在乡卫生院的事情,我肯定是没有亲历的,只是后来听别人说,于老师把积蓄了很久准备给我们买一只篮球的钱也捐出来了,于老师捐了钱以后,那里的医生和护士也都捐了一点钱,他们说,我们钱也不多,大家凑凑,先救孩子吧。

我知道的就是这些,所以这一段的故事,是我看过了电影才知道的。

景:镇卫生院病房

时:日

人:月儿、于老师、其他病人及家属

中午了,大家都在吃饭,月儿躺在床上,她眼巴巴地盯着别人的嘴,从这一个盯到那一个,看着他们的嘴在蠕动,月儿咽着口水。

有一个病人觉得心里难过,但是看看自己的饭盒里食物也很少,便对月儿说,你妈妈马上给你送饭来了。

月儿眼睛一亮,马上去看病房的门口,盯了一会儿,失望了,又回头盯着病人的嘴。

景：镇上中药房

时：日

人：于老师、村长、王芳、老中医

村长引着有些难为情的于老师进来：王芳同志，上一次于老师因为救人耽误了自己的大事，今天他特地来向你表示道歉，你看，他是真心诚意的，还买了东西送给你……

于老师：哎哟哟，对不起，这些东西，我是，我是想送给那个孩子的。

王芳：哪个孩子？

于老师：被拖拉机撞了的。

王芳：噢，老杜家的二女儿，常常到我们药店来抓药的。

于老师：我要去看看她。

王芳：我陪你一起去吧。

于老师喜出望外：太好了。

景：卫生院病房

时：日

人：于老师、王芳、月儿、其他病人

月儿紧紧盯着别人嘴的眼睛突然移到了门口，门口站着于老师和王芳，他们关切地看着月儿。

乡卫生院在我记忆中是一片空白，但是我的记忆中却明明白白刻着王芳的印象。

为了看清楚王芳长什么样子,我们特意跑到镇上,但是我们无法十分地靠近她,因为她站在药店的柜台里,我们没有理由跑到药店里面去,只能从药店门口走过来,又走过去,走过来,又走过去,所以始终只能看一个大概的轮廓,只能看见她是梳着两条辫子,穿着一件小碎花的衬衣。

她要是供销社的营业员就好了,一个同学说,我们可以到她那里买一样东西。

那还能听到她说话的声音呢,另一个同学说。

我们也可以到药店去买东西呀,再一个同学说,这个同学肯定是我,我那样聪明,这样的好点子肯定是我想出来的。

我们又不生病,不用吃药,到药店里去买什么呢?其他同学已经被我说动了,但是他们的思路暂时还跟不上我。

再说买药要医生开方子的,另一个同学说,我们没有医生的方子呀。

他们都皱着眉头,觉得路又走不通了。其实我会有办法的,对我来说这也可能是小菜一碟小事一桩呀。

我们去买胖大海,我说。

这是于老师说过的,嗓子如果不好,可以买一点胖大海泡茶喝,喝了嗓子就会好起来。

胖大海是什么呢?一个同学不知道。

胖大海是中药。

胖大海是蚕蛹。

胖大海是黑的。

胖大海什么什么。

反正他们有的说得对有的说得不对,其实我也不能确切地说出有关胖大海的知识，但是胖大海是中药这是可以肯定的，否则它不会在中药房里的。如果它不是在中药房里的，我们也就没有机会以它为借口去看王芳，去和王芳说话了。

接下来的事情就是凑钱了。

凑了多少钱我肯定是记不得了，大概只有一毛钱，或者几毛钱，我们也不知道这些钱买胖大海是不是够了，但是我们已经胆壮气粗地走进了药店。

老中医的脸埋在一本书里，他听到我们的脚步声后，便抬起头来，他的眼镜挂在鼻梁上，他从眼镜背后看了看我们，是有一点疑问的，他以为我们要请他看病，但是他又觉得几个小孩怎么会自己跑来看病呢，你们的家长呢，你们有什么病呢，你们好几个人，是个个都有病，还是有一个有病呢，老中医的手抬了抬，他也许想给我们把脉了，接下来就是，把舌头伸出来，他要看舌苔了。但是我们不是找他看病的，我们是找王芳，我们是来看王芳的，所以我们根本就没有把老中医放在眼里，我们绕过他的疑惑，直接走到柜台前，柜台对于我们来说，是高高的，有一点高不可攀的。

王芳是很和善的，她已经从柜台上俯下半个身体来了。现在我们可以很清楚地看见她的脸，她梳着两条长长的辫子，她俯下身体的时候，辫子从后脑勺那里滑到前边来了，辫梢是用紫红的头绳扎的，但是你们千万别以为这是我注意到的细节，我那时候还小，不会去在意王芳辫梢的头绳的，这是于老师告诉我们的，于老师说的时候，他是很得意的，他说，有的姑娘喜欢用大红的头绳扎辫子，但是大红的头绳其实是比较土气的。于老师的意思我们一直到长大以后才明白，他是夸奖王芳不俗气的。现在王芳正笑眯眯地看着我们，我想王芳一定知道我们是特意来看她的，她只是假作不知,她可能不大好意思,但是她心里一定是很开心的。

你们要买什么?

买胖大海。

噢,嗓子不好吗?

咳咳,咳咳,我就干咳了几声,其他同学也跟着我乱七八糟地咳起来,咳得完全像假的。

老中医被咳嗽声惊动了,他回头看看我们,感冒了?

不是感冒,王芳说,是嗓子不好。

王芳的声音像,像什么呢,我们是形容不出来的,像银铃,像鸟叫,像李铁梅,总之都不能形容王芳的声音,我们去告诉于老师的时候,于老师说,你们好好读书,有了学问就会用形容词了。

我们都为于老师高兴,于老师讨老婆已经成为我们生活中最大最重要的事件了。

第 5 章

那是一年以后的故事了。

但是事情还得从前面说起，我上小学后不久，就被于老师认定是个小天才。于老师说，赵连生是个算盘天才。其实天晓得我对算盘是一点兴趣也没有的呀，我只是拿算盘的姿势可能比别人更像于老师一点，于老师是喜欢一只手握住算盘，突然将算盘往前一甩，你听得哗啦一声，再看的时候，上排的算珠全部靠上，下排的算珠全部靠下，这就是于老师的本事。我开始学算盘的时候，于老师反反复复地教我们背诵一上一二上二三上三四上四，背得我们很烦，我就拿算盘当玩具玩了，玩呀玩呀就玩会了于老师的本事。有一天我无意中也像于老师那样子哗啦地甩了一下，两排算珠就齐齐地分开了，于老师看到以后，又惊又喜，就说我是算盘天才，以后他就天天盯着我，要我练算盘。于老师说，赵连生，你要勤学苦练，熟能生巧，你懂不懂？

不懂。

你现在不懂，所以老师要告诉你，熟能生巧，你懂不懂了？

不懂。

于老师是不会生气的,他那时候正在练习一种字体,于老师说,这种字体称为颜体,所以于老师用颜体写了四个字挂在教室里,于老师经常指着这四个字对我们说,同学们,这四个字的含义你们懂吗?

不懂。

我们异口同声地大声地回答他。

这四个字当然仍然是熟能生巧。

虽然我们有时候和于老师捣一点小的蛋,但是于老师的话我们还是要听的,于老师咬定我是算盘小天才,我就充当算盘小天才了。

县里举行珠算比赛,于老师就带着他的小天才到县城去了。

这就是一年以后发生的事。

我和于老师是坐船回来的,那时候公路交通还不发达,在水网地区出门是必得要坐船的。我记得我们坐的是苏嘉日航班,是从苏州到嘉兴的,沿途停靠许多码头,我们的汾湖镇,就是其中的一站。

我们坐在沿船舷的长排椅上,我看看于老师的脸色,于老师很沮丧,我没有得到奖,让于老师感到意外。

我们出发的时候,于老师是意气风发的。于老师从口袋里掏出几张纸,找出其中的一张给我看,赵连生,你看看,这是什么。

这是一张奖状,上面写着:获奖证书,是某某年举办的珠算比赛中的获奖证明。

于老师,是你获奖吗?

当然是我啦,于老师说。

我就念出来了:于老七同志荣获汾湖乡珠算比赛第十名。

是第七名，于老师纠正我。

我又仔细看了看，那个七字的尾巴已经看不清了，粗一看，就是第十名了。

于老师小心翼翼地把奖状要回去，他也看了看，字迹是不清楚了，他说，我要回去重新描一描，要不然人家真的以为我是第十名呢，其实你们不了解情况，第十名是没有奖状的。

于老师把奖状收好了，回头对我说，赵连生啊，你比老师更有出息，你是过五关斩六将拼出来，到县里去比赛呀。

嘿嘿，我笑。

现在我们回来了，我还背着一把算盘，算盘挂在胸前，同船有一个乘客向我看看，笑了笑，他大概觉得挂着算盘的样子很可笑，我其实是不愿意挂的，但是于老师一定要我挂着，我拗不过于老师。

现在我们在船上，柴油机突突突地响着，我没有拿到名次，于老师既失望又沮丧，但是在失望和沮丧之余，于老师一直在想着什么，我不知道他在想什么，但我知道他是在想问题。

我心里有点难过，便对于老师说，于老师，这次我没有发挥好，下一次一定会得奖的。

于老师仍然思索着，他一边思索一边说，事情不是这么简单的，我们不能简单地对待这个问题，时代在进步，我们可能应该思考一些科学的方法。

打算盘也要科学的方法吗，我当时心里是这么想的，如果不是因为于老师神情沮丧，我也许会把我的疑问问出来，但是我没有吭声，我虽然年纪小，但是也懂得心疼老师了。

下午的时候，船到达了我们的汾湖码头，靠岸的时候，眼看着船就要撞在石驳岸上了,有几个没有经验的乘客甚至惊慌起来,他们张开嘴差一点喊出声来,但这时候船工不慌不忙抓起一只靠臼,十分熟练地扔出去,靠臼不偏不倚正好夹在船与岸的中间,船稍微地晃动一下,就停稳了。乘客们都站起来,准备跨过跳板上岸去,就在这一刻,于老师啪地拍了一下大腿,激动地说,连生,熟能生巧,你看看这个船工,就是熟能生巧,你懂不懂?

为了照顾于老师的情绪,我这回没有说不懂,只是摇了摇头。

于老师受到了鼓励,继续说,对了对了,道理就在这里呀,熟能生巧,不熟就不能巧,不巧就说明不熟,熟了才能巧,巧了就说明你熟了,赵连生,你听懂了吧?

我只好说,不懂。

于老师笑起来,他摸了摸我的头,其实我知道你懂了。

天晓得,我是真的一点也不懂呀。

我们踩过跳板,上了岸,于老师看了看天色,回头对我说,连生,你等一等老师,老师去谈两句恋爱。

在我讲述的过程中,老庞始终是全神贯注、一言不发的,看得出他已经跟着我的叙述走进了于老师和月儿的生活中去了。

应该说老庞是比较通透,比较看得清人生的那种人,当我刚刚开始叙述于老师的故事时,老庞可能已经隐约地看到了故事的结果。

老庞并不知道我当时的思想活动,他见我停止了叙述,就催促我了,赵连生,他说,你继续往下说呀。

这样我们又回到了故事的现场,于老师说,连生,你等一等老师,老师去谈两句恋爱。

当时于老师往中药房那边走过去,其实我是跟在后面的,我不会呆呆地站在码头上等老师,镇上有好多好玩的东西,我会利用这个机会去玩一玩的。

我一路东看看西看看,我在寻找一个套泥人的小摊。听别人说过,镇上有个人摆了一个地摊,地摊上有各种各样的物品,你出一分钱可以拿他的圈圈套两次,凡是套中的东西就归你了。我一直认为世界上不会有这样的好事情,同时我心里又一直在打着如意算盘,假如我有五分钱,我可以套十次,假如我次次都套中了,难道他真的肯让我拿回十件东西吗?

我沿着镇上的石子街往前走,街是窄窄的,两边是小小的商店,在老庞的剧本里,我们大家都已经看到过这条街了,不过那画面上是一年前的这条街,现在这条街和一年前也没有什么很大的变化,唯一不同的是我长大了一岁。

我的手伸在裤子袋里,攥着我仅有的两分钱,这时候我终于看到那个我向往已久的泥人摊了,出乎我的意料,我看到于老师和王芳也站在那里,于老师正在对王芳说,我再套一次,最后一次。

看起来于老师已经套过好些次了,地上散落着好些套圈。

你已经套了好多次了,王芳说,套不着的。

套得着的,于老师指着一瓶酒,我要套那个。

这种酒买一瓶也不贵的,王芳说,再说了,你又不喝酒的。

我不是自己要,我是要送给村长的,村长对我很关心,我一直想谢谢他。

那你就去买一瓶,王芳说。

买的村长不肯收的,于老师说,我们村长是老实人,他不要人家送礼的,我套中的给他,他就没话说了。

于是于老师又摸出几分钱来,换来几个圈圈,于老师又开始套了,他一边瞄准一边说,这么近的距离,肯定能套中,这么近的距离,肯定能套中,这时候王芳就在一边抿着嘴笑。

很快的,在围观的人一片啧啧的惋惜声中,于老师手里的圈圈又越来越少了。

我仔细地将摊子上的奖品看了看,是各种各样的东西,有那个于老师看中的二两半小瓶的白酒,有两根插着的烟,有自己雕的木马,有一枝野花等等,也有少数商店里能够看到的东西,但是不多,好像大多数东西都是那个人自己做出来的。尽管如此,我也已经是眼花缭乱心跳加速了。

这个人我们并不认得他,但是他很快也会走到我们的故事里来的,因为他是月儿的表舅,现在月儿正在街的对面,暂时我们还没有看见她。

老庞喜欢我的故事,我看得出来,但我不知道是因为我问的那个问题他没答上来,还是因为老庞和于老师本来就是同龄人。生活没有开端,生活也没有答案,这是老庞喜欢说的话。当老庞又开始重复这句话,并扭亮了台灯时,我开始睡去。

在桌上的大笔记本上,老庞已经把我在泥人摊遇到于老师和王芳之前的那一段空间弥补上了。

百货店的柜台前,于老师和王芳看着货架上的脸盆、热水瓶等,犹豫着,中年女营业员说,你们看中了没有?

王芳:还没有确定,好像挑不出来。

营业员:我们这儿的货是不多的,只有这几种。她朝王芳和于老师看了看,又说,人家结婚都到上海去买的,上海什么样的都有。

于老师看着王芳,王芳说,我们不去上海了。

于老师:省点钱,要办酒席的。

营业员:办酒席是好事情呀,你办得越大,收回的礼钱越多,你们就多办几桌。

于老师:我们不好意思收人家礼钱的。

王芳:要不我们少办几桌?

于老师想了想,少办也不行的呀,我们的婚事,多少人帮过忙,大家都关心我们的,结婚不请他们,说不过去的。

营业员:你们这就难办了。

于是我又回到了那天下午那个泥人摊前,于老师套圈的时候,有一缕斜阳照在了王芳的脸上,王芳忽然哎呀了一声,她说,时间不早了,照相馆要关门了,我去拿照片。

这肯定是于老师和王芳的结婚照片,这张照片在于老师的一生中会出现很多很多次,但是它现在还在照相馆里,与其他许多的照片放在一起,等一会儿照相馆的工作人员会将它挑出来,交到王芳手里,王芳的脸上,会露出幸福羞涩的笑容。

于老师手里拿着最后一个套圈,他向王芳扬了扬手,目送着王芳远去。于老师对王芳是百看不厌的,于老师喜欢王芳,他要讨她做老婆了,这就是我们这些孩子当时的想法。事实证明,我们的想法是准确的,没有一点差错。

当王芳的身影消失在于老师的视线之内,于老师才慢慢地将自己的目光收回来,他本来是要用心去套最后一个圈圈的,如果这个圈圈仍然套不中那瓶白酒,我也不能确定于老师会就此罢休呢还是会再次掏出钱来。

但是事情就在这时候发生了,于老师的目光突然停了下来,停留了片刻,于老师突然就奔了过去,我追随着于老师的目光,转过去,我一下子看见了月儿。

但是当时我几乎没有认出她来,月儿又黑又瘦又脏,她跪在地上,面前放着一只破碗,破碗里有几分钱。

我的愣怔被于老师的声音惊动了,你是月儿?你是月儿吗?

月儿的小手把那只碗端起来,可怜可怜我吧,她说。

于老师急得说不出话来,你,你,你在这里,你……干什么?

我讨饭,月儿说,可怜可怜我吧。

你,你家大人、你妈妈呢?于老师说。

妈妈……月儿的眼睛落到对面的表舅身上。

月儿的表舅就开始走进故事了,他有些木然地看着气急败坏的于老师,看着于老师冲到自己面前。

你,你是谁?

我,我是表舅。

你是月儿的表舅?

是的。

你叫她在这里讨饭?

是的。

你,你虐待小孩。

不是。

那你,你怎么可以……

……

你,你怎么可以……

表舅是个闷葫芦,他嘴里最多吐出来两个字,要不就是紧紧闭上嘴巴，一字不说。后来表舅涨红着脸，把那个二两的酒瓶打开了，自己猛喝了一口，又把酒瓶盖上，重新放到那个圈子里，一股酒气从表舅的嘴里冲出来，表舅赶紧又闭紧了嘴，不让酒气跑了。

这时候围观的人越来越多，大家是七嘴八舌的。

无论如何，也不能叫小孩讨饭的呀。

是的呀，何况是一个瘸子小孩。

可怜的。

自己的小孩他就舍不得了。

但是也有人是帮表舅说话的，他们说，表舅也不容易的呀，自己家五六张嘴要吃呢。

表舅带了月儿，一年了也没看到他老婆一次的笑脸呀。

月儿还亏了有个表舅呢，连她的亲娘都不要她了，她娘带着她的姐姐弟弟嫁人，人家不要这个瘸脚丫头，还是她表舅站出来说，那我来养吧。

啧啧。

唉唉。

表舅仍然是闷着头，间或偷偷地喝一口酒，他打开一次，只喝很小的一口，那个酒瓶里看不出浅了多少，但是喝的次数多了，酒瓶里的酒就明显地降了下去，再搁到套圈的地方，显得很难看了。

于老师呢，也仍然说着那一句话，你怎么可以，你怎么可以。

当时我在干什么呢，开始的时候我一直在边上呆呆地看着，那时我还很小，想不到自己应该做什么。后来我忽然被自己手心的东西触动了，当时我的手里正紧紧地攥着两分钱，我拔腿往远处跑去，当我回来的时候，手里捧着一捧棉花糖。

月儿，给你棉花糖。

月儿大大的眼睛里一下子充满了喜悦,给我?她眼巴巴地盯着棉花糖,咽了一口唾沫,这么多都是给我的?她说。

给你的,都是给你的,我把棉花糖交到月儿手里,舔了舔自己的手心,这时候于老师对表舅说,你怎么可以这样,你今天要答应我,把月儿带回去,不许再叫她讨饭。

表舅终于抬起混浊的眼睛无力地看了于老师一眼,他的眼神告诉我们,那是不可能的。

但是于老师却认为他已经开始说动表舅了,于老师的话也多了起来,你答应了,你同意了?

不。

咦,于老师说,你仍然要叫月儿讨饭?

是。

咦!于老师气得又说不出话来了,你,你,你怎么可以。

我冲了上去,在背后踢表舅的腰,表舅蹲在那里,被我一踢,差一点倒下去。

我叫你让月儿讨饭,我叫你让月儿讨饭,我一边踢一边说。

你不要踢我,表舅说。

我就踢,我就踢。

那一刻我觉得自己已经是一个男子汉了。

那时候,于老师看了看我,他的眼神好像在问我,赵连生,我们怎么办呢,他要向我拿主意了,但是我能有什么主意呢。

所以于老师放弃了和我商量的想法,他只得重新再面对表舅,说,你怎么可以这样?

表舅依然是不吭声。

你怎么可以这样?

我很替于老师着急,也觉得有点丢面子,我们的于老师,学问很高的,怎么到了和人论理的时候,就变得不会讲话了呢?围观的群众肯定觉得于老师不行的,没有水平的,于老师难道再说不出更多的道理了?在我的心目中,于老师应该把无理的人批判得体无完肤的呀,怎么于老师只是反反复复地说相同的一句话,你怎么可以这样?

对这个表舅,你讲一万次你怎么可以恐怕也是没有用的,但是奇怪的是,在于老师把"你怎么可以这样"重复了一定次数的时候,故事发生了质的变化,事情突破了那一团迷雾,终于开始进展了。

是在突然间,从表舅紧闭的嘴里蹦出一句话来,我不可以这样,我应该怎样?

于老师是猝不及防的,他显得有些尴尬,愣了一会儿,才说出来,你叫月儿讨饭,你是不对的。

我不对,你对,表舅说,你对你养活她?

于老师又是猝不及防,不仅是猝不及防,他甚至被表舅问住了,比刚才更尴尬。过了好半天,于老师说,你真不讲理,我不跟你说了。

于老师转身走开了,这回轮到我猝不及防了,我赶紧追上于老师,正想问他月儿怎么办,哪知于老师走了几步,突然又回来,突然地抱起月儿,脸紧紧地贴在月儿脏兮兮的小脸上。

我,还有在场的所有的人,都惊讶地看着他。

表舅也是这样的。

在大家的注视下,于老师对表舅说,好,我养她。

当时王芳一直没在场,我们应该记得她是去取结婚照了。当王芳取回照片的时候,我们在哪里呢,后来的好多年里,我一直在回忆,但是始终没有想清楚,王芳取了照片,肯定会回来找于老师的,他们还要商量结婚请客的事情呢,她不会拿了照片就回家去的,那么王芳来的时候,我们——我、于老师还有于老师抱着的月儿,我们在哪里呢,我们难道已经踏上归程了? 不会的吧,于老师不可能把王芳忘掉的,他一定会等王芳的,退一步说,就算于老师因为抱了月儿,情绪有些激动,把王芳的事情搁在一边了,那还有我呢,我是关心于老师谈恋爱的,我会提醒于老师,我会说,于老师,我们等一等,或者说,于老师,我们到照相馆去。

想不起来了,想不起来了,我对老庞说。

老庞见我有点着急,他说,不要紧的,不要紧的。

我觉得老庞不仅不着急,反而显得有点轻松。

老庞说,你的故事有空缺的部分,恰好也是需要我来创造的部分。

但是于老师是不需要创造的,我心里也这样想,却又点了点头。我给老庞一点面子,从前在于老师面前,我们是不给于老师面子的,我们有时候明明听懂了,当于老师问我们懂了没有,我们会异口同声地说,不懂。

故事听到这里,我已经开始了解于老师这个人,老庞说,于老师是属于那种一根筋往前走的人,他不在意别人的想法和看法,他认定的事情,他是一定要坚持去做的。

我想补充的是,于老师认定的事情,往往是没有深思熟虑的,是突如其来就决定的了,是不考虑后果的。但是我的思绪已经跳到了事情的最后,跳到了因为于老师不考虑后果而造成的后来发生的一切。

是老庞的大笔记本填上了我记忆中的这段空白。

于老师突然地返回来，突然地抱起月儿，在大家的注视下，于老师对表舅说，好，我养她。

王芳就是在这时候回来的，她正好听到了于老师的话，王芳有些惊讶，你是真的？

于老师认真地点头，月儿把自己脏兮兮的小脸往于老师脸上蹭着，蹭得于老师的脸也黑了，月儿又用手去抹于老师脸上的脏，月儿的手比脸更脏，于老师的脸也更污脏了。

围观的人议论纷纷。

张三：老师开玩笑吧。

李四：看起来不像开玩笑。

王五：老师还没有结婚呢，就抱一个小孩回去？

……

这时候表舅也说话了，他说，他今天抱走，过两天又会送回来的，就算他真的肯养她，他老婆也不会愿意做后娘的。

王芳愣了好一会儿，对于老师说，你是个好人。

于老师高兴地看着王芳，王芳，我就知道你会支持我的。

于老师抱着月儿，和王芳一起往前走，许多人都被他们丢在身后了，他们在身后议论着，但是于老师已经走远去了。

于老师边走边说，王芳，我就回去拟请客的名单了，拟好了我寄给你看，要你批准的……

于老师还没有注意到，王芳已经落在后面了。

月儿摸着于老师的脸，老师，我们到哪里去讨饭？

于老师紧紧地搂住她，月儿，我们一辈子也不讨饭。

我接下来的记忆又变得清晰起来，我们三个人——我、于老师、月儿，往回走，表舅在我们身后大声地说，你真的走了？

我们没有理睬他。

你要把她抱到哪里去？

我们仍然没有理睬他。

你——

后来表舅就被我们抛在身后了，渐渐地远了，更远了。

当时我们是走得那么的自信那么的自然，好像一切事情根本就不是突然发生的，好像早就知道今天于老师要抱月儿回去的，好像月儿就是于老师的孩子，好像于老师早就安排好了一切。

后来我长大了，回想这些往事的时候，才体会出其中的某些荒唐成分，一件如此重大的事情，收养一个残疾的孩子，并且将要一直地养下去、养下去，到哪一天，却是不知道的，这么一件重要的事情，似乎是在游戏的过程中就完成了？

那天回家的路上，月儿突然对我的算盘感兴趣了，她在于老师怀里钩出身子，伸长了手臂，不停地撩拨我的算盘，后来我干脆把算盘挂到月儿的脖子上，月儿一路拨弄着算盘，啪啦啪啦的响声在田野里传了开去。

印象最深的是，在这个过程中，月儿始终没有笑过，她的细小的眉心一直皱着，我和于老师都想逗她开心，让她笑一笑，但是月儿不笑，始终不笑。

第 6 章

月儿后来还是笑了。

但是我并没有看见，不是所有的事情我都能亲眼看到、亲耳听到，或者自己经历的，有许多事情，是事后于老师告诉我们的。

那一天，我和于老师是在村口分手的，村口有两条路，一条通往村里我们大家的家，另一条通往小学。

赵连生，早点回去啊，于老师说。

老师再见，月儿再见，我说。

再见，于老师说，明天上学不要迟到。

噢，我说。其实这是多余的，我上学从来没有迟到过。我站在村口的路上望着于老师抱着月儿向学校走去，我真的很想跟他们一起去，但是我不能，我有自己的家，我有父亲母亲，他们会等我的。我在一瞬间甚至想，如果我也没有父母亲，我就和月儿一样跟于老师回去了。

我的这种想法肯定跟月儿有关的，只是月儿不知道，别人也不会知道，我是不会告诉别人的。

其实那一天我根本就没有考虑很多问题，年龄的幼小决定了我不可能去思考,于老师把月儿抱回家去算什么呢?他真的收养月儿了?他是一时的冲动,还是会将这件事做到底?他是真的要做月儿的爸爸吗?这些事情我怎么知道呢,我只是一个二年级的小学生呀,就算我很聪明,我也不可能去想这些难题,更不可能去解答它们。

我走过村长的家,我朝里边看看,虽然没有看清楚什么,但是我知道,每天这个时候,村长都会对着话筒讲话,许多年里,村长有什么事情要告诉村民,就是用这个话筒,各家各户的广播喇叭里,就传出了村长的声音。

村长说话的时候,一边拿一个小酒杯倒了点酒抿一抿,村长的老婆秀珍端了一块咸鱼放到村长面前,村长咂了咂嘴,当然,这啧啧的声音也会通过喇叭让村民们都听到的,这一点村长不在乎。村长正准备抿酒的时候,村长家的老猫跳到村长的桌子上,村长还没有来得及抢碗,碗里那唯一的一块咸鱼已经被老猫咬在嘴里了,老猫快速逃窜,喉咙里发出呼呼的吼声,村长能够来得及做的事情,就是大骂老猫。

你个黄眼乌珠畜生。

你个杀坯。

你个没人管教的东西。

你个什么什么。

……

这时候于老师正在给月儿洗脸,于老师说,你看看,你看看,你的小脸像猫脸了……

村长的叫骂声从广播里传了出来,因为频率高,分贝大,震得广播嘶啦嘶啦响,月儿眼睛里露出恐惧的神色。于老师说,没事的,村长在骂猫呢,村长家的老猫嘴馋,和村长抢东西吃,那只老猫呀,是这样的,于老师做着张牙舞爪的样子,他是想逗月儿笑,但是月儿却始终是疑疑惑惑地看着于老师。于老师见月儿仍然不笑,他的嘴里又发出了喵呜喵呜的猫叫声,叫了几声后,于老师发现月儿快要哭了,赶紧去关掉广播。

月儿,你不会是怕老师吧。

月儿,你别看老师平时板面孔,其实老师不凶的。

月儿,以后你会知道老师的,老师是很讲道理的。

月儿,老师是有知识有水平的人,所以老师不会无缘无故骂人的。

月儿……

于老师就是这样,反反复复地告诉月儿他是怎样的一个人,但是越说越说不清楚,怎么说月儿也不点头,最后于老师只好问月儿,月儿,你听懂了吗?

不懂。

嘿嘿,在这一点上,月儿和我们有着惊人的相似。

只是无论于老师做什么样的努力,扮什么样的鬼脸,出什么样的洋相,一直到月儿爬到于老师的床上去睡的时候,一直到月儿睡着了发出轻微鼾声的时候,月儿的眉结仍然没有解开。于老师看着月儿的愁眉苦脸,于老师想,月儿,我决不让你再受苦。

在月儿上床的时候,于老师正在写一封信,于老师说,月儿啊,等你念了书,你就会来偷看老师写情书了,不过这封信可不是情书啊,这是老师请客的名单。

月儿无动于衷地看着于老师。

你知道是什么客人吗?于老师有些得意的,是老师结婚请他们来吃喜酒的人,老师就要结婚了啊。什么是结婚你知道吗?结婚就是讨老婆呀。老师的老婆你知道吗?就是药店里那个王芳呀。月儿啊,老师结了婚,你就会有个小弟弟了,你可不许欺负他呀,他比你小多了……

于老师自言自语地说了一会儿,月儿已经睡着了,于老师写好了名单,也睡了。

于老师是被月儿的尿泡醒的,那时候于老师正在做梦,他梦见自己在给我们上课,当他背对着我们开始板书的时候,太阳照在他的后背上,于老师觉得暖暖的温温的,很舒服,他还尽情地舒展了一下身子,可是不一会儿这暖暖的感觉就变成了冷冰冰的了,于老师伸手摸了摸后背,咦,怎么湿了?

于老师就醒了,他醒的时候那股又冷又湿的感觉就是实实在在的了。于老师拉开电灯,发现月儿坐在床上,两眼直愣愣地看着他。

你怎么啦?

我尿了。

尿?于老师回过神来,就闻到一股尿臊味,接着后背和屁股上的感觉犹如蚂蚁一样爬动着,于老师"哎呀"一声跳了起来,掀开被子,床单湿透了,掀开床单,褥子也已经湿透了,再掀开褥子,连棕垫也是湿漉漉的,再看地上,汪着一大摊。

我的妈,于老师说,你小小的人,能尿这么多呀?

就是在这时候,月儿笑了,她的笑真是惊天动地,咯咯咯,咯咯咯,咯咯咯,咯咯咯,在于老师手足无措站在那里看着那么多的尿一时不知怎么理解的时候,月儿的笑像是失了控,她笑弯了腰,又直起来,又笑弯腰,又直起来,于老师后来说,我从来没有看到过一个小孩子,一个六岁的孩子会有这样的笑法。于老师手忙脚乱地把泡在尿里的月儿抱了出来,又去扯床单,又去拉褥子。

没法睡了,于老师说,没法睡了。

咯咯咯,咯咯咯。

于老师把月儿放到水桶里,替她洗干净,用毛巾擦的时候,于老师才想到一个问题。

你的衣服呢?

咯咯咯。

可是我这儿哪里有小孩衣服呢?

咯咯咯。

我还没有结婚呢,等我结了婚,就要有小孩了。

咯咯咯。

可是就算我有了小孩,那也是一个小小的婴儿,只有这么大,于老师做了一个抱婴儿的手势,他的衣服你也穿不上的呀。

咯咯咯。

你怎么还笑,于老师后来是拿自己的一件衬衣给月儿穿上,月儿从头穿到脚还嫌长,于老师怕月儿踩住下襟绊跤,干脆拿剪刀把长出来的部分剪掉了。

后来老庞对我说,我在想,月儿那泡尿怎么会那么的大。

为什么?可能因为月儿彻底放松了。

那一天晚上,也就是月儿来到于老师家的头一天晚上,床上不能睡了,于老师想出一个办法,睡到教室里去,拿几张桌子可以拼成一张很大的床呢。于老师说,床拼成以后,月儿跷着一只脚,在"床"上跳来跳去,像个小疯子,她一边跳,一边笑着唱歌:

抗铃抗铃马来哉，

隔壁大姐转来哉，

买点啥个小菜？

茭白炒虾……

于老师忙手忙脚地做完一切，准备上"床"了，一抬脚，才发现自己一直是光着脚在忙碌，抬起来看看，脚底板已经污脏污脏，于老师打了水来洗脚，月儿从"床"上爬下来，去拿来一块抹布。

爸爸，月儿说。

于老师的心突然一抖，我的眼泪要流出来了，于老师后来说，我心里很酸很痛。

于老师呆呆地看着月儿，过了好半天，于老师说，大家都叫我老师的。

爸爸，月儿说。

你明天就要上学了，于老师说，叫我老师。

爸爸。

老师。

爸爸。

老师。

爸爸。

月儿的性格是很犟的，当天夜里的事情就证实了这一点，于老师坚持要她叫老师，而月儿则坚决要叫爸爸，但是不知道为什么，在第二天我们开始介入的那一刻起，一直到以后，再以后，我们从来没有听到过月儿叫爸爸，她一直都是叫于老师"老师"的。

老庞听完这些故事以后，说，我还要让这个细节更生动一点，他说，月儿兴奋得睡不着，于老师哄她睡，他哼着一首歌给月儿催眠，哼着哼着，自己倒睡着了，月儿挠于老师的脚底心，把于老师挠醒了，于老师懵懵懂懂地看看月儿，赶紧又哼起来了。

生活中的于老师是不唱歌的，也不大懂音乐，但是在电影里有一首歌的音乐背景贯穿了始终，那是一首早期的苏联歌曲，我们大家都会唱的：田野小河边红莓花儿开，有一位少年真是我心爱……

在很多很多年以后，听说文金承包了村里的会议室，他开了一个卡拉 OK 厅，村民们有时候也会去唱唱歌的，有一回于老师也去唱了，他认认真真一字一句唱完了，最后大家热烈鼓掌，但是有人说，于老师从头到尾没有唱准一个音调。

这话我相信的。

第 7 章

在老猫抢走村长的咸鱼那时候,村长正在通知村民,要开计划生育责任大会了,叫大家做好准备,有孩子的人家都得去签订责任书,不写责任书的要罚款。罚多少款呢,要罚很多的,你们不要来找我说情,村长说,这件事情不是由我做主的。

几天以后就开会了,是乡里来的人,可能还有县里的人,村长那时候就不是大官了,他只是一个主持会议的人,他的工作只是叫村民不要吵闹,听领导讲话。

于老师其实是被别人咬出来的,那个咬于老师的村民因为生了两个孩子,这回肯定要罚款了,他很着急,便自作聪明地想,如果于老师抱养一个孩子不算问题,那么他就可以说他的第二个孩子也是抱来的。他甚至已经想好了一套骗人的谎话,比如说这个小孩被人家扔在街上的厕所里,哇啦哇啦地哭,他上厕所的时候看见了,觉得小孩可怜兮兮的,就抱回来了。他还可以说我这是做好人好事呀,是应该表扬的。

这个村民后来在村里一直都抬不起头来,几乎变成了人人喊打的过街老鼠。他的一厢情愿自作聪明,把于老师和月儿扯了进去,本来于老师是未婚,人家不会想到叫他去开会的,所以村长把那个村民骂得狗血喷头,那个村民后来哭了,他的老婆也哭了,他们说,我们不是有意的呀,我们也是没有办法呀。

其实于老师是躲不过去的,就算现在开计划生育大会没有叫他去,但是以后他要给月儿报户口的,一报户口,这件事情就会穿帮的,所以也只是早一点和晚一点的区别。

把月儿抱回来的这一段时间里,于老师好像一直是迷迷糊糊、没有什么想法,好像领养一个孩子是不需要费什么周折的,就像养一只小猫一只小狗那样的简单,但是在别人的眼睛里,这件事情可能是比较大的,我听到奶奶和妈妈也在议论。

一个小丫头,奶奶说,养她干什么呀。

还是个瘸的,妈妈说,养大了也没有用的。

我一开始就说过,在于老师的问题上,奶奶和妈妈总是比较一致,这一次仍然如此,她们异口同声地觉得于老师给自己惹了一个麻烦。我十分不愿意听她们说这件事情,因为她们的话外之音我听出来了,只有于老师把月儿送走,麻烦才会解决,所以我一听到她们谈论于老师和月儿,我就走开了。但是那几天我心里总是乱糟糟的,好像感觉到要发生什么事情,但是于老师是若无其事的,他没有一点点的感觉。于老师的敏感连我都不如,他还是老师呢,木呆呆的。

几乎一直到现在,也就是要去开计划生育大会,要去签订责任书的时候,于老师才有点清醒过来。

我要签订责任书?

有了一个孩子,不许再生第二个孩子?

于老师刚刚要思考这些关键的问题,但是时间已经来不及了,已经容不得于老师再反复地思考了,现在责任书已经搁在他的眼前了。

事情是明摆着的,如果于老师不签,月儿就要走了;如果于老师签了,于老师就不能再生自己的孩子,就算于老师能够把月儿当作自己的孩子,但是还有王芳呢。

我那时候还小,还不能理解亲生孩子和不亲生孩子的概念。我唯一明白的就是如果于老师不签字,月儿就留不下来,所以那时候我唯一的想法就是让于老师赶紧签字。我挤到会场上,拿起那张责任书,送到于老师手边,签吧,于老师,签吧。

我的头上啪地挨了一下。

哎哟喂,我回头一看,是我爸爸,他怒气冲冲地瞪着我。

你干什么打我?

你敢乱说,我爸爸从来都是一个慈祥的爸爸,但是那天晚上他恶狠狠地瞪着我,好像要把我吃了。

我没有乱说,我理直气壮地说,我不要月儿走。

爸爸又举起手来了,这时候于老师把我拉到他的身边,挡住了爸爸的手掌。于老师说,赵连生,老师早就想好了。

于老师没有再多说什么,在大家惊愕的目光注视下,于老师在责任书上签上了自己的名字,于老师的名字签得有点歪,因为他写字的时候,月儿正在抠他的耳朵,于老师痒痒难忍,不由得笑了一下,字就写歪了,于老师又描了描,这样名字的笔画看起来粗了一点,就显得不是很歪了。

第 8 章

下课的时候,我们趴在于老师那间房的窗口,朝里边张望着,房间里有一套新买的家具,这是于老师结婚用的。

二十八条腿,一个同学说。

不止的。

没有的。

有的。

那个时候的我们都还很小,但是已经会从大人那里学到一些流行的用语,比如三转一响,是说的自行车、缝纫机、手表这几样会转的东西,一响就是收音机或者条件好一点的录音机。

为了弄清楚于老师有多少条腿,我们开始数了,一条腿,两条腿,三条腿,四条腿,大家七嘴八舌,数着数着,数混了。

你错了,已经数到十八了。

数到十五。

他们坚持自己的观点,于是我们重新再数,一条腿,两条腿,三条腿,四条腿……

我肯定也是夹在其中的,我大声地数着,这时候邮递员来了,他骑着一辆破旧的自行车,到学校门口的时候,他高喊一声,于老师,信。

我们便抛下那些腿,去接于老师的信,当然头一个冲到门口拿过信来的肯定是我啦,我头脑灵活动作快捷,比他们强多啦。

这封信厚厚的,几乎要把薄薄的信封撑破了,我把信举起来,对着太阳照一照,但是什么也照不出来,你们知道我这个人一向是自作聪明的,很小的时候就这样,这时候自作聪明的我,忽然猜想到这封信是什么,我知道了,我说,是名单,是结婚请客的名单。

名单吗?奔过来的于老师一时居然被我的猜测打动了,他也认为那是名单了,那就是说,她批准了我的名单?

批准了哦!

在我的带领下,大家一起跟着叫唤起来。

批准了哦!

批准了哦!

于老师急忙把信抢过去,是我的信,不让你们看。

但同学们都已经认定于老师手上就是请客吃喜酒的名单了,大家兴奋地七嘴八舌起来。

于老师,吃喜酒有没有我?一个同学问,这个同学无疑又是我——赵连生,大概只有我才问得出这样的问题。本来嘛,吃喜酒是大人的事情,但是我也许从小就把自己当作大人了呢。

于老师看了看我,他好像想了一下,似乎想把信拆开来对一对名单的,但是他并没有那样做,他随后就说,有你的。

因为我带了头,大家又跟上来了。

有没有我?

有没有我?

有没有我？

于老师起先还一个一个地认真看着，还想一想，后来他干脆看也不看了，有你的。

有你的。

你们全都有的。

哦！

哦！

于老师终于要读王芳的信了，我还记得信封是淡绿色的，印着一些淡淡的细碎的花，现在已经很难看到那样的信封了，现在的信封多半是白色的，或者就是牛皮纸的，印着淡淡的小花的绿色的信封已经永远地留在我们的记忆中了。

于老师往后退着退着，他怕我们偷看他的信，他一直退到院子的树边，后来干脆就靠在树上了，大家仍然盯着他，围着，于老师没有办法，他把信举得高高的，先是欣赏着信封上的字迹，然后慢慢地小心翼翼地拆开了信封。

响起来的却是月儿的声音，亲爱的于老师……

声音是从头顶上发出来的，不知什么时候，月儿已经爬到树上去了，她骑在树干上，往下看，正好看到于老师手里的信，于是月儿念了起来，亲爱的于老师……

同学们都哄笑起来，于老师也笑了，他跟着我们一起嘿嘿嘿的，我一个即兴，又想唱歌了，于是我指挥了一下，我们大家就唱起来了：

于老师，做新郎，

欢欢喜喜入洞房。

于老师,心里慌,

不要新娘要亲娘。

妈妈妈妈我尿床,

妈妈妈妈我尿床。

……

于老师边笑边把信掩起来,我的信,不要你们念,我自己念。于老师就念了起来:亲爱的于老师,这是我最后一次给你写信……

正在叽叽喳喳的我们忽然停了下来,大家都盯着于老师,那一刻,学校的院子里静得一点声音都没有了,我们的心都紧张得提了起来,吊在嗓子眼儿,在嗓子眼儿狂乱地跳着,我们眼看着于老师愣愣地站着、站着,过了一会儿,他忽然往地上一蹲,抱着头呜呜地哭起来,他的手里却还紧紧地捏着那封信。

整个学校的院子里,只有于老师呜呜的声音,我们都吓坏了,根本不知道发生了什么事情,更不知道该怎么办了,就连我这样会出主意的人,也手足无措了。

大概有的女生也哭了起来,她们哭起来是嘤嘤嗡嗡的。

后来我们在电影里看到的是这样的场景:

同学们静静地围着于老师站着,不知道过了多少时间,也许只是片刻,也许是很长很长的时间以后,一个年纪很小的女生慢慢地走到于老师旁边,她蹲下去拉了拉于老师的衣襟,轻轻地说,于老师,将来我长大了嫁给你。

我也嫁给你,另一个小女生也说。

我也嫁给你。

我也嫁给你。

我也……

看到这里的时候,本来有些叽叽喳喳的打谷场上,突然变得鸦雀无声,连吵吵闹闹的孩子也停止了喧哗。

这部电影是在乡村的露天谷场上放映的,我们已经很长时间没有看过露天电影了,要知道在从前很长很长的岁月中,我们都是看着露天电影长大的呀。

我们还是回到从前吧。

于老师蹲在地上呜呜地哭着,我们又难过又伤心又没有办法,这时候月儿就出现了,当时她不正趴在树上偷看于老师的信吗,事先什么预兆也没有,我们就觉得眼前一晃,随着一声声响,月儿从树上跳了下来,她跳得非常利落,目标也瞄得很准,一下子就跨到于老师的脖子上了。

当我们回过神来的时候,月儿已经像模像样地骑在于老师的脖子上了,于老师也已经站了起来,月儿做了一个赶马的动作,高声叫着:抗铃抗铃马来啦,抗铃抗铃马来啦……

我们大家都愣住了,最先反应过来的是于老师,他马上接着月儿的叫喊也喊了起来:骑马啰骑马啰,马儿跑啰马儿跑啰,他装成马的样子,一脚高一脚低一颠一颠地在院子里跑起来。

我们一时不知所措的心终于也被月儿和于老师的快乐打动了,很快大家都一起跟着在院子里转起来:骑马啰骑马啰。

月儿又唱起了那首歌:

于老师,做新郎,

欢欢喜喜入洞房。

于老师,心里慌,

不要新娘要亲娘。

妈妈妈妈我尿床,

妈妈妈妈我尿床。

……

在月儿细嫩的嗓音中,于老师的声音也渗入进来:

于老师,做新郎,

欢欢喜喜入洞房。

于老师,心里慌,

不要新娘要亲娘。

妈妈妈妈我尿床,

妈妈妈妈我尿床。

……

最后肯定是我们大家同声高唱了,这些情景后来都在电影里重现了,虽然是我自己亲身经历过的真实事件,但是现在演员们表演出来,反过来又一次感动了我。

最后一个镜头落在月儿的脸上,高高地骑在于老师肩头的月儿,欢快地唱着、笑着,但是她的眼睛里,却饱含着两眶泪水。

第 二 部

第 1 章

叙述到这里的时候,我才奇怪起来怎么会对老庞讲起这个故事。

那天我说老庞你为什么会对于老师感兴趣呢？老庞说你知道人是怎样变老的吗？我说我想知道。老庞就说人小的时候因为什么都没有所以喜欢接受,当他觉得自己很强大的时候,接受的东西就少起来了,并且随着年龄增长会越来越少,这个时候,人就老了。

可这又怎么样呢？

于老师身上的东西我们都有啊,老庞说,对于老师我是有预感的,现在我就是在证实这种预感。

就这样,我又开始了叙述。

大块头是我们学校个子最大的同学,他比我大一岁,有一说一有二说二,大块头虽然人高马大,但并不是经常欺负弱小同学的那种人,所以平日里我们相处得也算可以。这是一。

第二,我们都已经知道,月儿是有残疾的,六岁那年她被拖拉机撞了,从此以后一条腿就瘸了,一个瘸腿的孩子,被人嘲笑这是经常有的，不足为奇，在月儿从小到大的漫长岁月里，这是不可能避免的。

所以，那一次大家都说赵连生是别错了一根筋，以后大家也经常说，连生这个人，好起来是蛮好的，讲道理的，但是一旦别错了筋，难弄的，十八头黄牛也拉不回来的。

这就是我吗？这就是我给大家留下的印象？这就是我的形象？

事情是这样发生的，那一天天气热，同学们都跳到河里去游泳，于老师叫我在教室里画板报，我出来的时候晚了一点，男生都已经跳下去了，一般这时候，女生总是在岸上看，她们胆小，不肯下河的，但是月儿不一样，她胆子大，又喜欢水，每次男生下水她都要下去，我也不是没有见过月儿下河，只是这一天不知怎么搞的，也许确实如大家说的，我犯了哪一根筋了，我快要走到的时候，只见眼前一闪，是月儿从桥下插蜡烛般地插下水了，只听得女生们一阵尖叫，她们总是那样，喜欢用夸张的叫声表达自己的一点点细小的感受。在她们的尖叫声中，我们大家往河里看时，看到月儿雪白的身子已经从水底浮起来，她只穿着一个肚兜，整个背部毫无遮盖地露出来了，月儿游的是蛙泳，从桥上往下看，更明显地看出月儿两条腿一长一短。

大家愣了片刻，大块头不知撞了什么邪，突然大笑起来，笑了一阵，他顺口念起来：一只青蛙四条腿，三条长来一条短——

其他孩子也跟着念起来，大家拍手跺脚地念着、唱着，忽然间，他们好像看到一头豹子蹿了上去，这头豹子用脑袋去撞大块头的胸，大块头猝不及防，被撞了一个朝天跟头。

这头豹子无疑就是我。

大块头的屁股蹾在地上疼得要命,爬起来的时候有点恼羞成怒了,他冲到我面前挥拳就打,我的妈,他几乎比我高一个头,我哪里是他的对手,三下两下我就鼻青脸肿,倒在地上了。

大块头仍然气鼓鼓的,但是他可能具有一点不打落水狗的绅士风度,不再对我穷追猛打,哼哼了几声就走开了,有几个大块头的追随者也跟着他走了。

月儿爬上岸来,穿好衣服,走到我的面前,看了看我的脸,说,连生哥,你的脸怎么啦?

我不理睬她,爬起来就往前冲,大块头对我不穷追猛打,不能决定我对他也不穷追猛打。

月儿在后面追着,我在前面奔着,前面路上,大块头正在向其他孩子吹嘘,连生还想跟我打——只可惜他话音未落,那头豹子又扑了上来。

但是扑上来是没有用的,因为一眨眼又会被大块头打倒,我被撂倒后,便动了动脑筋,我很快想通了跟大块头来硬的是绝对来不过他的,当我一旦想明白,我就知道我该怎么做了。我在地上爬着,飞快地爬到大块头脚边,没等大块头反应过来,我已经一把抱住了他的腿。

大块头又踢又打,拼命地甩,但是他始终无法弄开我的手,我的手像两根铁箍,紧紧地死死地箍住了大块头,大块头急了,叫其他孩子来帮他掰。

你们快来帮我呀,大块头说,他说话已经有点求人的口气了。

他们就一拥而上,七手八脚,掰的掰,拉的拉,但是我的手实在是有力,实在是坚硬,他们是无可奈何的。

大块头没有办法了,你就抱着吧,看你抱到什么时候,他说。

大家看着我,我这时候满脸泥巴和青肿,一声不吭,大家僵住了,后来甚至大块头也有点害怕了。

你真的一直要抱下去?

你要抱到什么时候?

天都要黑了。

我肚子饿了。

但是我始终一言不发。

跟着来看热闹的同学七嘴八舌地发表他们的见解:

赵连生发憨劲了。

赵连生的眼睛都红了。

赵连生会不会疯了?

这是收不了场的时候,不过不是我收不了场,是大块头收不了场,他这么个大高个子,被我抱着,居然一点办法也没有,可是偏偏月儿赶到了,她一瘸一瘸地过来了,看了看我,又看了看大块头。

好啦好啦,她说,我来表演节目给你们看,于是月儿真的一边唱一边表演起来,她表演的是瘸子走路:

日头高,压树梢,

我家娶了新嫂嫂,

也会走,也会跑,

走一步来摇一摇,

摇一摇,跌一跤,

一捡捡了个大元宝,

送给你,你不要,

送给我,我不要,

不要大元宝,就要嫂嫂翘,

翘嫂嫂,嫂嫂翘。

……

我真是又气又伤心,我在和别人拼死决斗,就是因为人家嘲笑你,你倒好,自己嘲笑自己,一气之下我分心了,一分心,手里的力量就不足了,大块头趁我稍一松懈,赶紧拔腿跑了。

我当然要继续追打的,月儿拦住我说,连生哥,不要去了。

我觉得我当时的脸是铁青的,一伸手把她拨拉开,拔腿就追上去。

后来在老庞的电影里,这一段的情节是这样的:田间小路上,大块头在前边跑着,连生在后面追着,大家都呼哧呼哧地喘气。

镜头转过,时间已是下晚,大块头家的院子里,小饭桌摆在露天,大块头家的人都坐在那里吃饭,大块头也在,但是大块头的脸十分尴尬,镜头摇下来,可以看到连生仍然死死地抱着他的腿。

大块头,你是怎么欺负连生的,大块头的爸爸说。

也不一定是大块头惹连生的呀,大块头的妈妈说。

那你们到底是什么事情呢?爸爸问。

我和大块头都不作声,自始至终都没有说话。

这个连生,大块头的爸爸说,从小就是个犟货。

不知道他要缠到什么时候?大块头的妈妈说。

他们这么说着说着,最后便听到哇的一声,大块头哭起来了。

赵连生画外音:他输了,但是不知为什么,我笑不起来,我一点也开心不起来……

这一段与事实基本相符。

电影里是可以用换镜头的方式解决故事中间的连接问题,但是在生活中是不可以的,生活像流水一样不可能中断的,大块头哭了以后,大块头的爸爸就把我从地上拉起来,拍了拍我的头,好了好了,大块头都哭了。

我的手虽然松开了,但是我的人仍然犟着,他们叫我回去吃晚饭,我偏不。

我送你回去吧,大块头的爸爸说。

不要。

叫大块头送你回去,大块头的爸爸又说,算是大块头向你认错。

不要。

那你要怎么样呢?

看着他们苦兮兮的脸,无可奈何的脸,我其实也不知道我要怎么样,我心里乱乱的,但是在他们心目中,我像个英雄一样的不可撼动。后来还是月儿来缓解了这个事情,不过不是月儿自己来的,是妈妈来找我了,她说,月儿一直在我家等着我,妈妈感受到大块头家现场的气氛有点紧张,连忙问道,连生,你干什么?

没什么没什么,大块头的爸爸妈妈异口同声地说。

妈妈显然是不大相信的,因为她敏感地觉察到了什么,她狐疑的眼神盯着我看了又看,连生,你又惹什么事了?

没有没有,大块头的爸爸妈妈又一致地说。

真的没有?

真的没有,他们说,两个小孩玩玩,好好的。

人家坚持这么说,妈妈也就没有办法了,最后盯了我一眼,走吧,天都黑了。

我似乎不能不走了,何况月儿在等我呢。

至少一半的原因是月儿,另一半的因素是我自己也觉得闹够了,再闹下去我自己也不好收场的,所以我就剩汤落水地跟着妈妈走了。

但是到了家看到月儿的时候,我仍然板着脸,没有给她好脸色看。我闷着头就到灶边,帮妈妈烧火,月儿帮妈妈切菜,后来月儿走到我旁边,这时候我的脸已经被灶灰抹得黑一块白一块,月儿一看,扑哧一声笑起来。

我仍然不理睬她。

月儿笑了笑,又抓起一点灶灰,往自己脸上涂了涂,这下子她的脸上也是黑一块白一块的了。月儿又龇牙咧嘴地冲我笑,其实我的气已经消了,在月儿的鬼脸面前,我应该笑一笑了,但是我还是坚持不笑。

连生哥,你笑一笑吧,月儿说。

我不笑。

你笑一笑吧,我喜欢看你笑。

我心里有一种怪怪的异样的感觉,只是感觉到有一股东西在冲动,冲动得我一下子站了起来,拉起月儿的手就往外走。

哎哎,妈妈在后面喊,怎么不烧火了。

我只是拉着月儿往河边奔,你不是要游泳吗,你去游,你去游。

月儿可怜巴巴地看着我,她可从来都是对我凶巴巴的,这连我自己也没有想到的,我一旦发起火来,她竟是那么的迁就我。

月儿说,连生哥,你要是不喜欢我游泳,我以后再也不游了。

我不说话,只是拖着月儿走,我们走到河边,我就往河里一跳,我开始游泳了。本来我们游泳都是于老师教的,于老师教我们四肢一起伸展的那种游法,于老师说那叫蛙泳,是最好看的一种游泳姿态,但是现在我到了河里不游蛙泳了,我游的是四肢往前爬的那一种,我们乡下俗称狗爬式。过去我们乡下大家都是这样游的,但是自从于老师教了蛙泳以后,大家都觉得狗爬式确实太难看,而且游不快,就放弃了狗爬式。现在我又重新游狗爬式,在河里一蹿一蹿的,屁股一拱一拱的,月儿就笑起来,一边笑一边说,狗爬式,狗爬式。

我从河里一蹿就把月儿拉下了水,我气恼地大声说,就是要你游狗爬式,就是要你游狗爬式!

月儿咯咯咯地笑着,但眼睛里满是水,我不知道是河水打湿了她的眼睛,还是她哭了。

那一年我上三年级,月儿上二年级,但是后来月儿跳了一级,变成和我同级了,这才有了以后的许多故事。

第 2 章

接着我要说第二个故事。

第二个故事和大块头的故事不一样，它不是独立的，所以我必须从头说起，可能会跨越稍长一点的时间和空间，不像大块头的故事，在一个下午就发生，就解决得了的。

日子就这么一天天地过去，再过几个月，我们都要小学毕业了，村里的孩子，一般念完小学就不再上初中了，因为那时候乡村的初中还很少，要好几个村才能合办一所初中，所以一所村办小学毕业班的学生，每年最多只有三分之一甚至更少的人能够继续念书的……

每年到这个时候，就是于老师最忙的时候，他干什么呢，他为我们跑名额，他希望他的每一个学生都能去上初中、上高中、上大学，当然这是不可能的，但是于老师从来都是朝着不可能的方向去努力的。

那一天于老师告诉我们，分配的名额已经下来了，接下来的事情，就是我们自己决定哪八个同学去参加考试，那时候我们大家的心里都有点乱，心里一乱，教室里肯定更乱了。

不过你可别以为大家是要争抢这些名额,其实事情有时候常常是相反的,至少我的印象中就有几个同学站起来了。

我不去考了,一个同学说,反正名额也不够。

我也不要去考,另一个同学说,反正我也考不取的。

我也不去了,再一个同学说,我妈说没有钱。

我要去学生意了,王雪生说的时候口气是最确定的,这件事其实我们早已经知道,他是要去拜师傅学木匠了。

小木匠,笃笃笃,

一日一块八,

又吃鱼来又吃肉。

小木匠,笃笃笃,

敲碎一只角,

又叫爷来又喊叔。

我们大家趁机又起哄了。

于老师摆了摆手说,老师也不反对你们去学一门手艺,但是毕竟念书最要紧呀,没有文化,做什么事情都会受到限制的,你们懂了吧?

不懂。

其实没有关系的,我们说懂还是说不懂,都不会影响于老师的信心,或者应该说是于老师对我们的信心,他会永远不厌其烦苦口婆心地对我们进行说教,然后再问我们,懂了吧。

名额终于确定下来了,名额报上去以后,就是等待正式公布了,在等待的日子里,最焦急的肯定是于老师,看着于老师焦急的神态,我们真的不知怎么去安慰他。于老师最担心的是月儿,因为月儿有残疾,于老师怕人家把她的名字拿掉,让健康的同学去考。

下课的时候,月儿坐在河边,这是她最喜欢的地方,这样她可以把自己的脚伸到河里,用脚撩拨着河水,让河水溅上来,打湿自己的衣服,或者打湿别人的衣服,月儿就开心地笑起来。有的时候,月儿的脚也会一动不动,这时候,就会有小鱼来啄她的腿,啄得她痒痒的,她也同样会大笑起来。总之只要是坐在河边,月儿的心情总是会好的,但是这一天我来到月儿身边的时候,感觉到月儿心事重重,我以为我是了解月儿的,我对月儿说,月儿,你放心,你成绩这么好,肯定会有你的。

哪知月儿看了我一眼,说,你错了,最好名单上没有我。

我承认我弄不懂女孩子的心思,但是我不相信月儿不想读书,我记得我当时有点激动了,我还幻想着和月儿同学一直同下去,同到初中,同到高中,再同到大学……我大声地说,你骗人!

月儿却没有激动,她低垂着头,沉默了好一阵,最后她轻轻地说,我不想离开于老师,他一个人,会孤单的。

我一愣,心里有些难过,我说,于老师早晚要结婚的。

可是他到现在连对象也没有,月儿说。

这件事情确实有些麻烦,在我奶奶和我妈妈的口气里,于老师的婚姻好像是越来越难了。

难弄了。

难弄了。

人老珠黄不值钱。

过了这村找不到这店。

是的呀。

是的呀。

她们的口气也是越来越一致了，甚至连说的话也是一样的了，难道于老师的婚姻真的如她们说的那样没希望了吗？

哎，老庞突然又插话了，你能不能再说一遍？

关于什么呢？

关于于老师的婚姻。

噢。

我现在慢慢地有些明白，或者说隐隐约约的有些感觉到老庞听故事的标准了，生活是散状的，而电影，至少是老庞的电影应该是集中的。老庞要集中起来说什么呢，我现在已经清楚地看到了老庞的思路，他要说的就是于老师的婚姻呀。

事情其实是明摆着的，于老师年轻的时候，条件也不差的，在乡村里，他又是个知识分子，农民们有点崇拜他的，至少他们提起于老师都是尊敬的口气，所以于老师那时候找对象是不成问题的，甚至连镇上户口的王芳也蛮中意他的，但是因为他收养了月儿，后来就一直不顺利了，先是王芳离开了他，后来又介绍过好几个，但是都不能成功，就这样连信心最足积极性最高的村长也有点泄气了，哎呀呀，村长说，于老师哎，怎么办呢，急煞人了。

于老师总是笑笑，不急，不急，他说。

他真的不急吗？老庞问。

反正他是说不急，我想了想，补充道，我们小孩子，怎么知道他急不急呢。

那么下面的故事是不是和于老师的婚姻有关系呢，老庞似乎有点急了，于老师倒是有耐心等待，老庞反倒没有耐心了，他和我们的村长一样,急急地要关注于老师的婚事。

我又想了想,下面的故事,正是老庞关心的事情,于是老庞让我赶快往下说。

村民在劳动的时候到了中午常常会说,十一点十分,肚皮饿得热昏,十一点一刻,肚皮饿得瘪脱,他们就会东张西望,或者说一些笑话,或者吵起架来,总之是没有心思劳动了。他们盼望着收工的哨子快点响起来,就像我们坐在于老师的课堂上一样,到了中午的时候我们都分心了,凳子上好像有钉子在扎屁股,坐也坐不稳了,身子扭来扭去的。但是于老师总是在这个时候会强调他所讲过的内容,一强调,再强调,只是他越是强调,我们就越是记不得,于老师说,同学们,懂了没有?

不懂。

于老师就再讲一遍。

看起来我们都很傻,我们为什么不说懂了呢,说懂了于老师也许就下课了呢。其实千万别以为我们那么笨,我们试过,我们异口同声地说,懂了。

但是于老师说,这么快就懂了?

懂了。

真的懂了?

真的懂了。

不行的,于老师说,现在你们的懂,只是懂了皮毛,或者只是一时性的强化记忆,其实你们没有真正地懂,要真正地弄懂,就一定要重复重复再重复,我们都知道熟才能什么?

我们大声地说,熟才能生巧。

对了,于老师说,熟能生巧,熟了才能巧,巧就说明熟了,不熟是不可能巧的,不巧就说明不熟,于是于老师又讲一遍。

我们真是拿于老师没有办法的,他简直是软硬不吃,刀枪不入的嘛,他絮絮叨叨没完没了,最后问道,同学们懂了没有?

不懂。

怎么还不懂呢?

肚子饿了。

大脑缺氧。

丧失能力。

停止记忆。

这种科学的说法大概只有我能想起来,我说出来后,同学们一致觉得,这是对付于老师最好的办法。

于老师终于笑起来,他摇了摇头,你们这些小调皮,我晓得你们已经懂了,下课。

起立,这是班长喊的,班长就是我,我叫赵连生,我从小学二年级就做班长了,一直做到小学毕业,同学们都说老师特别偏心赵连生,这一点我不否认。

老师说了解散,我们就飞快地解散了,这时候教室里一片混乱,大家争先恐后七手八脚地到大饭锅里去拿自己的饭盒,然后一声叫喊,吃饭去啰,就往外跑。

我们总是到九里亭来吃饭,九里亭离学校很近,在九里桥边上。九里桥是跨在运河上的,是一座古石桥,那时候我们喜欢九里亭和九里桥,只是因为我们可以在那里尽情地玩闹而已,谁也料想不到,过了许多年以后,许许多多城里人,大城市的人,竟然会不远多少里跑到我们这里来看这个破旧的亭子和破旧的桥。他们念着桥柱上的对联：

　　　　春水船唇流水绿

　　　　人归渡口夕阳红

　　他们感叹地说，啊，真了不起。

　　这都是后话了，现在我们只是在九里亭里吃饭、吵闹，对九里亭和九里桥以及它们周围的乡村景色，我们肯定是熟视无睹的。一般我们跑到九里亭后，不一会儿于老师也来了，他端着两碗饭，一碗是月儿的，一碗是他自己的，许多年以后，月儿说，于老师每天都在她的米饭底下埋一点好吃的，比如一只荷包蛋，一块咸鱼，而于老师自己碗里从来没有这种好东西，但是于老师不肯承认，他说他从来都是一样对待的，他不会培养月儿的特殊性，这件事情如果叫我来作证，我是想不起来了，但是我肯定是相信月儿的，要不然为什么我们这些孩子都是矮矬矬的身材，而月儿却长得高高挑挑，因为月儿小时候营养好呀。

　　我们一边吃饭一边会想出种种的花样来逗乐，比如远远的看到坝上有个人影过来了，我们就会打赌。

　　男的。

　　女的。

　　大人。

　　小孩。

　　我们硬是拖着于老师也参加我们的行列，于老师，你猜男的女的？

　　于老师眯着眼睛看了看，女的。

过来的却是个老头，他弯腰驼背缓慢地走过来了，我们都拍手笑，于老师，输，于老师，输。

又有个人影来了，这回于老师说，男的。

但是来的偏偏是个女的，于老师总是那么倒霉。老实说，这样的猜测，大家都是在瞎蒙，但是别人总有几次是蒙对的，而于老师常常从头蒙到尾都是错的。

于老师，输。

于老师，笨。

于老师，哈哈。

本来都是闹着玩的事情，可是月儿有时候会难过起来，她过去用小拳头打于老师，你怎么老是错，你怎么老是错，月儿眼泪汪汪的。

于老师说，我下次一定猜对。

可是下次他又错了。

远远的，有一个穿花衣裳的女子走了过来，她撑了一把洋伞，走路的姿势很优雅，由远而近。

白得来，有一个同学说。

大家都笑了，七嘴八舌地说，白得来，白得来。

那时候在我们乡下，要想嘲讽一个人，就说白得来，说一个人长得白，是对他或她的攻击，但是其实我们都晓得的，我们的妈妈阿姨大姐姐们，总之乡下的女人们，她们做活的时候，都要用长袖盖住胳膊，要用头巾包住脸，怕被太阳晒黑，她们都是想白一点的，她们都知道白皮肤是漂亮的，但是当她们要说一个人的坏话的时候，或者她们对某一个人心理不平衡的时候，她们就不约而同地说白得来，大人们这样子，小孩子也学会了。

一个漂亮的皮肤很白的女人撑着漂亮的洋伞走来了，我们大家都看着她，于老师也看着，于老师看着看着，看得有点呆了，因为这个女人已经走到他的跟前了，于老师仍然是那样的姿态，仍然是呆呆地看她，眼睛直勾勾地好像被孙悟空施了定身法那样的，幸好这个女人没有见怪，而且她不仅没有不高兴，反而笑眯眯地走到于老师面前，笑眯眯地叫了一声于老师。

于老师仍然呆呆地看着她。

月儿赶紧上前推于老师，于老师，阿姨认得你。

女人伸手和于老师握手，于老师，您可能不认得我了，您从前教过我弟弟，有一次下大雨，我到学校来接我弟弟，我见过您的。

噢，噢噢。

您那时候比现在年轻一点。

噢噢，噢噢。

我们真的很替于老师着急，好像他只会说噢噢，我们真希望于老师说出一些漂亮的话来，就像他有时候在课堂上表现出来的那样，神采飞扬，知识渊博，滔滔不绝。

可是现实的情况实在不能尽如人意，于老师一句话也说不出来，他只是握着她的手，握了又握，一直不放开，握得她都有点脸红了，但是手是她自己先伸出来的，她也不好意思抽掉，那想抽不抽的样子，我们看了觉得很好笑，于是我们都笑起，于老师这才清醒过来，急忙放开了她的手。

我们目送她走远，看了一会儿我们就不再看了，但是于老师仍然在看着她，后来她的身影掩隐在庄稼地里了，于老师又踮起脚看。

你看于老师，一个同学对月儿说。

于老师看女人，另一个同学说。

当时我忽然心里有些紧张起来，我觉得月儿会发火的，但是月儿却没有作声，她的目光也伴随着于老师的目光，一直看着那个女人的背影。

这只是事情的前奏，当时我们谁也没有从中感觉到后面会发生什么，我们没有特异功能，也不懂什么叫预感，因此后来的事情的发生，就显得特别的突然，让人措手不及。

当时的情形是这样的，于老师拿着饭碗回去的时候，回头对我们说，抓紧时间把上午的作业做好。

我那时就趴在九里亭的石条上做作业了，月儿和几个女生在我对面，她们也想做作业的，但是后来发现月儿沉默不语，她们都有些疑惑，月儿从来都是叽叽喳喳的，今天没有了声音，大家觉得不习惯了。

月儿，你干什么？

月儿，你不高兴了？

月儿，你有什么事情？

我没有很在意她们的说话，因此下面的这段内容可能是我在事后根据自己的想象推测出来的。

我要帮于老师找老婆，月儿说。

女生们一愣，随即叫唤起来，好呀。

好呀。

太好了。

女生们叽喳起来，她们兴奋得小脸都红了。

找谁呢？

找漂亮的。

像王芳那样的。

你们不要提王芳了,于老师听见了要哭的。

你说你要嫁给于老师的。

你也说要嫁给于老师的。

她们嘻嘻哈哈,话题越扯越远,竟然有点像桑地里的妇女们了。

月儿把话题拉过来,你们想想谁漂亮?

秀珍。

秀珍好的。

秀珍白的。

月儿眼前浮起秀珍的模样,月儿不由得点了点头,可是有一个女生突然说,哎呀不行的,秀珍是村长的老婆哎。

村长的老婆不行吗,另一个女生问。

这都不懂,人家的老婆不行的。

那怎么办呢?

再想。

后来她们中间有一个人想到了周玉兰,周玉兰是最漂亮的,她说。

月儿笑了,周玉兰好,月儿说,就周玉兰了。

但是怎么帮于老师讨她呢?

写信吧。

她们就开始写信了,这时候我的注意力才开始转到她们那儿,我发现她们神神秘秘的,甚至有点鬼鬼祟祟,声音也压低了许多。

怎么称呼呢?

写周玉兰同志。

要写周玉兰小姐的。

最好是写亲爱的玉兰小姐。

嘻嘻嘻。

嘿嘿嘿。

她们就七嘴八舌地凑起来了,但是最后又想到万一周玉兰不认识于老师怎么办呢,她们决定每人画一张于老师的画像,谁画得最像就把那一张夹在信里寄给周玉兰。

后来上课的时候,有一个女生画的像从她的书里掉了出来,于老师看到了,问她画的谁,这个女生一时回答不出来了,月儿赶紧替她说,是南格丁尔,于老师当时批评了月儿,说她上课不认真,不专心听讲,南格丁尔是个女的,怎么画成这样,这样像个男的了。

这个南格丁尔是谁呢,是老师经常给我们讲起的一个人物,她是一个伟大的医护人员,老师要我们向她学习,将来做一个有用的人等等,这是老师经常讲的。

一直到后来我上了大学,才弄明白那个人其实是叫南丁·格尔,但是我不知道是于老师说错了,还是我记忆中的错误一直延续了这么多年。

那封信是我到村上去寄的,我并不知道她们写的什么,但是能够为月儿做一件事,我是很开心的。我到村代销店买了邮票,贴好后,看到邮筒上有两个口子,一个写着外埠,一个写着本埠,我就塞在本埠的那个口子里了。

这正是蚕茧上山丰收的季节,每年的这个时候,村里都要请剧团或宣传队来演出,今年也不例外,村长照例通过大喇叭告诉大家,他过几天要到镇上去请宣传队。

从那天起,月儿就显得特别兴奋,似乎有一种甜蜜的幸福在她心里隐藏着,我几次想探听她的口气,但是都没有探成功,她既神秘又焦急,最后只说了一句话,宣传队来了就好了。

我以为她喜欢看文艺演出,我就说,会来的,说不定明天就来了。

不会那么快吧,月儿说,村长还没有去请呢。

要请起来也快的,我说,上午去请,下晚就能来演出了。

月儿眼睛里充满了热望,他们来得及吗?

我便添油加醋地说,来得及来得及,他们宣传队节目都是现成的,拿出来就是,只要没有演员生病。

不会的,不会生病的,月儿竟然有些着急起来了。

我是瞎说说的,我说,哪里会有人生病呢,他们那些搞文艺的,身体都很好的。

月儿和我说了说话,又去和要好的女生嘀咕了,她们一会儿嘻嘻地笑,一会儿又你推我我推你,我们男生只能隐约地听到一个人的名字,就是周玉兰,其他内容就听不清了。

但是后来宣传队的演出却是拖了几天的,这件事情是村长后来说出来的,当时村长也没怎么在意,只是觉得既然宣传队那几天没有其他演出任务,为什么不肯来我们村呢,村长觉得他们太没道理。

村长第一次去的时候,宣传队的老张一口就回绝了,前窑村的?前窑村我们不去的。

你们从前经常去的,村长说。

从前是从前,现在是现在,老张说。他是宣传队的负责人,有人叫他队长,有人叫他团长,有人叫他指导员,还有人叫他老张,也有人叫他小张,反正他的年纪是多大,人家比较难猜出来,可能因为是搞文艺的,整日唱唱跳跳,真实的年龄你倒猜不准了。

为什么呢?村长实在是想不通,我又没有得罪你们。

反正我们不去的,老张说。

我要向领导反映的,村长说。

你去反映好了。

村长挠了挠头皮,他觉得无计可施了,但是村民们都在等着看戏呢,他回去怎么向他们交代呢?村民们到时候会说他,村长连这点事情也摆不平的,村长的面子实在没地方放了,所以村长想了想,耐下心来,他觉得请到宣传队演出是主要的,至于老张的态度等是次要的,哪怕骂他两句他也是能接受的,所以村长就下了决心,他说,老张啊,不管怎么说,你不答应,我今天就不走了,我就坐在你这里,你吃饭我也跟着你吃,你睡觉,我也跟着你睡,到什么时候我走开呢,到你答应下来,我就走。

老张见村长这样厚脸皮,他倒也没有办法了,如果村长一直盯着他,他也受不了的,于是老张软下来,说,这样吧,你先回去,我做做她的工作,她不肯到前窑村去演出。

其实这个"她",就是周玉兰,但是当时村长问要做谁的工作时,老张没有说出来,老张只是说,这个你不要管,我尽量做工作,我要跟她说,事情归事情,演出归演出,演出是你的本职工作,不能意气用事影响了工作。

村长连连点头,说得对,说得好,他说,老张你真会做思想工作。

以上这些都是发生了事情以后村长回头再说出来的,村长的马后炮遭到了大家的批评,但是村长又不是诸葛亮,充其量他只是个事后诸葛亮。村长反反复复地说,我当时就觉得奇怪,我当时就

觉得奇怪,我当时就觉得奇怪,其实村长当时根本就没有往心上去,这是肯定的。

这件事情如果老张当时就告诉村长不肯来演出的是周玉兰,或者村长当天回来就说出来有这么一件事,大家也许会有预感,但问题是村长要面子,他没有说,只是说,宣传队一定会来演出的,有我出面,他们怎么会不来呢。村长这么说了,大家是皆大欢喜的,哪里还会有什么预感呢。

宣传队到底还是来演出了,那天晚上村里的打谷场上灯光通明,大喇叭响了起来,村长的声音传遍了全村。

我注意着月儿的表情和神态,月儿的一举一动,月儿的一笑一颦,都在我关注的目光里。

你们是不是觉得我从小就喜欢看女生,可能是个好色小徒呢,其实我需要辩解一句的,我只是关注月儿,从我看到月儿倒在拖拉机下那一天起,月儿那一双惊恐的眼睛,再也无法从我的心里抹去了,我是要用一辈子的时间来关注月儿的。

学生们都坐在一堆,他们靠得很近,便于叽叽喳喳地说话,于老师则坐在同学们中间,他的脸上露出很是骄傲的样子,他好像在说,你们看看,这都是我的学生呀。于老师的学生也确实是很依赖于老师,他们有事无事都要叫叫于老师的,好像叫着于老师心里就踏实了,叫着于老师心里就平稳了,因此在当时的场地上,竟是一片乱糟糟地叫于老师的声音。一直等到报幕员出来报幕了,乱糟糟的声音才平息了一点,但仍然有一两个细细的声音在说于老师怎么怎么。

于老师,今天有几个节目?

于老师,今天有没有周玉兰?

有的,有的,于老师开心地说,周玉兰是他们的台柱子。

那么周玉兰又演出几个节目呢?

多的多的,于老师眼睛里放出光彩来,周玉兰要演好多好多节目呢。

果然是如此,第一个节目就是周玉兰的独唱,我注意到了,月儿和几个女生在台下看着漂亮的周玉兰,简直是心花怒放了,她们窃窃私语,又侧过头看于老师,于老师木呆呆地盯着周玉兰,我甚至被于老师的目光震撼了。

台上的周玉兰被灯光照着,身上光闪闪的,像天上下来的仙女,她开口刚唱第一句,于老师就啪啪地鼓起掌来,大家被于老师感染,也乱鼓掌了,周玉兰显得有些尴尬,因为刚刚开始唱,音乐是不能中断的,现在一鼓掌,有些混乱了,她突然就停下来,有些生气地往台下看着,不唱了。

唱呀。

唱呀。

村民们有些着急了。

怎么不唱了。

周玉兰仍然没有唱,音乐倒是在进行着,这时候老张跑到台上来了,他看了看大家,说,请各位注意演出的规矩,要等到节目演出结束的时候再鼓掌,然后他又回头对周玉兰说,你开始吧。

于是音乐停下来,重新开始,周玉兰又唱了,刚唱了两句,于老师又忍不住鼓掌了,但是他一鼓掌,就想到自己违反了规矩,赶紧停下来,说,唱得太好了,唱得太好了。

好在这一次周玉兰没有受到影响,她终于将一首歌唱完了,向观众鞠躬的时候,于老师的鼓掌热烈而响亮,他鼓着鼓着,不由得站了起来，月儿和几个女生也站起来，她们不仅在鼓掌，甚至还向周玉兰“嗷嗷”地叫唤，表示她们的开心和祝贺。

这一下场上有点混乱了，许多村民也跟着“嗷嗷”地起哄，他们实在都是好意，他们是因为开心，因为听了周玉兰的歌，又看到周玉兰这么漂亮，肯定心里有点激动的，本来就很想叫唤叫唤，但考虑自己是大人，不好胡闹，正控制着自己的感情，现在由小孩子一带头，他们当然是要跟上来宣泄自己的情感了，所以一时间演出场上显得混乱了，他们的叫唤没有头绪，没有章法，东一句西一句，本来是喝彩，但是听起来却像是喝倒彩了，台上的周玉兰一时愣住了，她的眼睛里竟然汪出两眶眼泪来。

报幕员又报幕了，周玉兰还要唱第二首歌呢，报幕员报完幕退走以后，音乐又响起来，这时候事情就开始转变了，我们起初是不知道的，更不可能料想下面会发生什么事情，只是看到周玉兰向旁边的乐队摆了摆手，音乐便停了下来，大家都盯着周玉兰，不知道她要干什么。

周玉兰干什么呢？她走下台来了，走到观众中间，再继续往前走，一直走到于老师面前，于老师没有想到周玉兰会来到他的面前，站得这么近这么近，他几乎可以听到周玉兰的呼吸声了，所以于老师肯定是慌乱的，他竟呆住了，也没有站起来。

周玉兰的眼泪还噙在眼睛里，她盯着于老师看了一会儿，突然问道，你是于老师？

于老师这才有点醒悟，他慌忙站起来，去和周玉兰握手，说，周玉兰同志，你演得太好了，周玉兰同志，你演得太好了。

周玉兰用力想将手抽开，但是由于于老师握得很紧，她一时竟抽不开，只好又问了一遍，你是于老师？

于老师仍然是沉浸在自己的思路里,他说,周玉兰同志,感谢你为我们送来这么好的节目,感谢你……

周玉兰再用力,终于将手抽了出来,她指了指自己,你说我演得好?

好呀好呀!

你说我长得好?

好呀好呀。

月儿和女生都咻咻地偷笑,我们都觉得于老师在这样的关键时刻总是表现得很笨拙,难道于老师不再会说别的好听一点的话吗,真是皇帝不急急煞太监。

好呀好呀,于老师还在继续说,并且又想去和周玉兰握手了,周玉兰一甩,将于老师的手甩开来,这时候,敏感的人可能已经预感到一些什么苗头了,但是大部分人,尤其是像我们这样的小孩,根本是不知道的,我们仍然瞎开心着,觉得连周玉兰都这么看重于老师,我们是跟着光荣的,当然月儿和那几个一起肇事的女生,她们和我们的想法又是不一样的,她们等待着更好的事情发生呢。

正是众人瞩目的时候,周玉兰突然一转身,面对大家了,她甜甜的嗓音响了起来,你们知道我是谁吗?

周玉兰,大家异口同声,回答得非常响亮。

周玉兰说,你们知道我的丈夫是谁吗?

这一问大家愣住了,过了好半天,有一个人突然想到了,他说,我知道的,你丈夫是解放军。

大家仍然不明白发生了什么事情,只是觉得奇奇怪怪的,周玉兰怎么唱得好好的,突然说起这样的话来呢,但是肯定是有人知道的,至少有一个人是知道整个事情的,他就是宣传队的负责人老张,老张看到这样的情形,可能感觉到要出事了,他急忙跑下来,要拉周玉兰,周玉兰,你还是演出吧。

我不,周玉兰说,我要把这件事情说清楚。

哎哎,老张说,不是场合呀,不能在这里……

就要在这里,周玉兰又转向村民,是的,她说,我丈夫是解放军,他在前线保卫边疆……

嘻嘻。

嘿嘿。

有人笑了起来,因为大家不知道周玉兰怎么回事,看她那样子觉得好笑,就忍不住笑起来了,大人们一笑,我们小孩更加胡闹,甚至拍手拍脚地闹起来。

周玉兰本来脸上涂了胭脂就已经很红很红了,现在她的脸更红了,简直像个熟透了的大苹果,但是这时候我们还都不知道她是因为生气气成这么红的,我们还在欣赏她的红苹果脸呢。

周玉兰说,既然你们知道我丈夫是解放军,是保卫边疆的,你们能不能想到,竟然会有人给我写信,要,要,要……

要什么?

周玉兰,不要说了,老张还在试图阻止她。

要说,周玉兰是一种豁出去的态度,她不肯听老张的话,她从口袋里拿出那封信,我把这封信给大家念一念。

时至今日,信的内容我已经记不全了,但是有些话的印象是很深的,一开始就写:亲爱的玉兰小姐,我还记得周玉兰一念出来,下面就哄地吵了起来,还有什么我爱你之类的话,最后是我要和你结婚,总之是有些肉麻的,在当时的乡下,大家是听不到这些话的,因此当时大家既震惊,又兴奋,真正的最最感到气愤的只有一个人,那就是我们的于老师，他忽地站了起来，他的脸也涨得通红的，他十分愤怒地对大家说，乡亲们，大家想想，周玉兰同志的丈夫是解放军同志，他为了卫国保家乡，牺牲了个人的幸福生活，我们这里，居然还有人给周玉兰同志写这样的信，居然有人做出这样的事情来等等。

听了于老师说的这一番话，周玉兰通红的脸竟然变得煞白，事后我们才能够想到，当时周玉兰一定是把于老师当成天下最最无耻的无赖。

周玉兰问大家，这样的人，我们怎么对付他？

骂他。

吐痰。

打他。

打耳光。

这个人一说打耳光，把大家的情绪都调得高了，实在也因为大家对周玉兰的印象太好，觉得不能让这样好的人受人欺负，所以几乎全场的人都跟着喊起来，打耳光，打耳光。

于老师虽然没有喊打耳光，但是他的情绪是和大家一样的，是义愤填膺的。

那么我们呢，月儿、和月儿同谋的几个女生，还有我，我虽然没有参加她们的写信活动，但是给周玉兰的信是我去寄的，再笨的我，这时候也应该联想到事情的前因后果了，但是我们竟然都被场上的气氛冲昏了头脑，也可能因为我们那时候还小，脑筋没有那样的灵，也可能因为当时的过程很短，没等我们回过神来联想一番，事情就发生了，总之当时场上强烈的气氛控制了我们，使我们忘记了事情是开始于我们的，我们是始作俑者，所以我们甚至还跟着大家一起喊打耳光打耳光。

热烈的气氛被啪的一声耳光中断了,周玉兰举手打了一个耳光,这个耳光竟然是打在了于老师的脸上。

全场震住了,突然间就鸦雀无声了。

原来这个写信的人竟然是于老师?

原来村民都是很尊敬于老师的,但是现在他们的脸色明显地变了,各种各样的表情都有,我形容不出来,倒不是因为我水平有限,事实上当时那啪的一声,好像就是打在我的脸上一样,我低下了头,脸上火辣辣的,心里痛得不得了,哪里可能再去观察别人的表情。

大家也许有鄙夷的,有气愤的,有怀疑的,有惊愕的,但是谁也没有发出声音。

这一整段的故事都是我说的,最后老庞给它加的结尾是这样的:

明晃晃的月光被一片云遮住了,但仍然隐隐约约能够看到月亮,镜头摇下来的时候,场上的人都已经散去,只有于老师一个人孤零零地站在场中间,慢慢的,两个矮小的影子近了,更近了,月儿和连生站到了于老师身边。

老师,月儿轻轻地说,信是我写的。

于老师举手欲打月儿,但是手掌落下去的时候却是牵着了月儿的手,月儿,我们回家去。

第 三 部

第 1 章

那一年夏天,是我心情最不平静的阶段,我们面临着人生最关键的转折期——高考。

我们的老师都认定,像我和月儿这样的情况,只要发挥正常,考上大学是不成问题的,发挥得好,重点大学也是大有希望的。

但是有些事情其实是早已经有了预兆的,只是我和于老师都沉浸在投入高考的激动中,忽视了那些重要的征兆。

事情是从填志愿的那天晚上开始的,一直到事后我们才清清楚楚地回忆了起来。

那一天下晚,我来找月儿商量填志愿的事情,于老师正在灶间烧晚饭,我先到灶间看了看于老师,他埋头在灶前,看他的背影,已经有点老态,背有些佝偻了,两鬓也白了,照在火光里,是红白相映的,我心里忽然一动,叫了一声于老师。于老师回过头来,看到是我,他知道我是来找月儿填志愿的,他十分开心,向我挥了挥手,连生,你先进去,我马上来。

我刚刚走进屋里,于老师就跟进来了,他拿出一支崭新的钢笔,交给月儿,然后就坐在我们旁边不停地叮叮,要慎重考虑呀,要认真对比呀,要全面周到呀,要什么什么呀,都不是说在点子上的,其实我和月儿都不再听他的,但是于老师并不知道,他只是顾着自己说话,他还觉得他的话句句都重要的不得了呢。

你们是不是觉得我现在有点瞧不起于老师了,其实真的不是瞧不起,在我的心底里,于老师永远永远是我最最敬重的人,但是毕竟我们都已经长大,高中毕业了,马上就要跨进大学的校门了,于老师若还是拿多年前教育小学生的那一套来教育我们,我们确实是会感到厌烦的。

我们说话的时候,我感觉月儿情绪不太高,我以为她嫌于老师烦,便兴致勃勃地转向月儿,和她商量填什么学校,什么专业,但结果是我说一个,月儿否定一个。

某某大学。

不好。

某某学院。

不好。

某某专业。

不好。

某某系科。

不好。

于老师有点急了,你怎么的,他说,你怎么都不好,我看连生说的这几个学校、这几个专业都是很好的。

不好。

我也有点急了,我说,月儿,那你到底要填哪里呢?

月儿干脆闭了嘴,连不好也不说了。

于老师又拿了厚厚一沓学校的情况介绍给月儿,你再看看,

你再看看,学校多着呢,总会有你满意的。

月儿没有动弹,看也没看那些介绍。

于老师拿她是没有办法的,只好回头对我说,连生啊,反正你要跟着月儿填的。

这我知道的,我早就想好了,月儿填哪里,我也填哪里,就算不能在同一所学校,至少也要在同一个城市,这是我早就拿定的主意。

想不到因为我和于老师这么一个对话,使月儿突然地发起火来,干什么,干什么?

我和于老师面面相觑。

你干什么要盯着我?月儿很无理地对我说。

我,我不是要盯着你,我被她突如其来的冒火弄得有点不知所措,也不知该怎么解释了。

于老师出来替我说话,他说,月儿,不要不识好人心啊,连生分明是为了你才——

不要说了,月儿打断于老师的话,她的眼睛里噙着眼泪,我知道你们,你们瞧不起我,你们认为我是个瘸子,自己照顾不了自己,要别人照顾。你们根本就是瞧不起我,我不要你们管,你们不要管我!月儿的脾气是急的,但是她从不无理取闹,现在她却真的有点无理可讲的样子,脸上也是白一块红一块,面目有点狰狞,我和于老师都是莫名其妙,不知道月儿撞了什么邪,想说话,又不知说什么,说了又怕月儿再发更大的火,所以我们两个只能呆呆地看着她。

过了一会儿,于老师又小心翼翼地试探一句,要不,就填近一点的地方?

近？月儿说，能近到天天回来吗？

咦，于老师说，你这个小孩，怎么想的，读大学怎么可能天天回来？

我就要天天回来。

我就要天天回来。

月儿连说了两遍，现在我和于老师才渐渐地有些醒悟过来，不等我们说什么，月儿又道，我不天天回来，谁来吃你烧的饭？

我烧的饭好吃吗？

难吃。

嘿嘿，于老师笑了起来。

嘻嘻，月儿也笑了起来。

在他们的笑声中，我忽然明白了一个道理，如果于老师不结婚，月儿恐怕是不肯出门的，不要说上学，干什么她恐怕都不肯去的，我想起早在小学毕业考初中的时候，月儿就流露出不肯出去上学的想法，后来才发生了给周玉兰写信的那件事情，事情虽然做糟了，但是月儿的心思也让大家明白了，当然在当时我是不可能明白的，那时我毕竟只有十二三岁。现在不一样了，现在我自己也是个男子汉了，该懂的事情我都懂。

我决心要为于老师和月儿做一点事情，我离开于老师家，先回到自己的家，我把我的想法告诉爸爸，爸爸说，走，咱们到村长家去。

奶奶和妈妈送我们到家门口，她们一致认为她们的孩子长大了，也会做大事情了。

连生啊，帮于老师出把力呀，奶奶说。

连生啊，给于老师尽个心呀，妈妈说。

好像于老师的对象就在我手里掌握着,也好像她们如果不关照,我就不会替于老师出力尽心似的。不过那时候我的心情很好,所以我并没有嫌弃她们琐碎和啰唆,我认认真真地点头答应她们,我看到的眼前当然是一片光明,我已经看到于老师身穿新郎的衣服在向大家作揖、派烟了。

村长正在吃晚饭,抿一点小酒,这是他多少年来没有改变的东西。他现在也有一点老了,从前村长一边吃晚饭一边开着广播给村民们开会,说说话,时间长了,他养成习惯了,哪天不说心里会慌慌的,但是后来时代进步了,广播也取消了,村长吃饭时就有些沉闷,但是他也不会让自己闲着的,他们家的一只老猫永远是他忠实的听众。老猫已经很老了,它就是那时候经常明偷暗抢和村长争夺咸鱼的那个猫,现在它的风姿已经大不如前,有时候它听村长的诉说,听着听着会打起瞌睡来,村长叫醒它,它再听一会儿,又打起来了,村长对此很不满意,他想重新养一只猫或者一只狗,甚至最好是一大群,这样村长每天晚上的演说听众就成气候了。但是村长的老婆秀珍不同意,她说,要么你自己伺候它们,屙屎屙尿屙得床上桌上都是,你自己去弄吧,村长就不吭声了。其实在乡下动物屙屎屙尿乡下人是不在意的,他们即使脚踩在粪便上也无所谓的,最多嘀咕一声,拿鞋在地上蹭一下就是了,只是村长的老婆秀珍是个很爱干净的人,她想要把家里收拾得和城里人的家里一样干净,虽然这是不可能的,但她还是尽力去做的。这样村长再养些猫狗听他说话的想法就没有能够实现,所以到现在为止,他的听众仍然是那只老猫。有时候村长会叹息一声,他可能是感叹什么东西吧,老猫向他看看,至于它能不能听懂村长的叹息,那只有它自己知道了。

现在我和爸爸来到村长家，我们把我们的想法向村长一说，村长还没听完，就一拍大腿，英雄所见略同呀，他说，你们不来找我，我也要告诉你们呢，我又替于老师物色一个对象。

我和爸爸交换了一下目光，我们觉得村长真是个好村长，他对于老师的关心，可谓是无微不至的。我将这个话说了出来，村长嗞儿地抿了一口酒，说，这还用你说呢。

接下来的事情就是相亲了，相亲的故事在于老师的人生中已经发生过很多很多次了，以后不知道还会发生多少次，我们总是希望这是最后一次相亲，每次相亲都会有新鲜的内容，而且对村长来说，无论这一次的对象是他介绍的还是别人介绍的，村长都是百倍的努力。

你们放心吧，村长一副大包大揽的样子，一切我都安排好了，你们知道我的能力的。

知道的。

我早就说过，于老师的婚事包在我身上的。

我暗暗地想，说不定就是因为包在你身上才一直没有包成功，但是我没有把这话说出来，我换一个方式问道，对方是哪里的呢？

三里亭。

长得漂亮吗？

那还用说。

年纪轻吗？

当然轻的。

家里条件呢？

当然好的。

那村长你见过吗？

当然见过,没见过我敢说她漂亮吗,村长说,不过最近没有见过,从前见过的。

我心里当时就有点凉了,村长看出了我的心思,又开始大吹大擂了,其实见不见过这都没关系的,就凭我的面子,人家能给介绍差的吗?

那倒也是,我爸爸附和村长。

我不想附和,但是我也不能太不给村长面子,说实在的,村长对于老师的婚姻关心得真是不少,也可能于老师的姻缘还没有到吧。

她的名字也很好听的,村长说,她叫秀芳,多好听,秀芳。

秀芳,秀珍,秀莲,秀花,秀梅,这都是农村里常见的女人的名字,也不见得有多好听,但是村长就觉得这秀芳是最好听的,甚至比他的老婆秀珍还要好听,那也是村长的一片心意呀。

村长总结了前些次不成功的经验教训,他检讨自己,认为以前不成功的主要原因是重视还不够,所以这一次村长做出了郑重的安排。

村长的安排就是在学校里摆一桌宴席,这也不能怪村长的水平低,在乡下,能够表示出重视的,除了吃喝,还有什么呢。

为了表示我们的重视,为了表示于老师的重要,村长决定将这次宴会的规模扩大到每家出一个人,我要叫他们都换上新衣服,像于老师结婚一样,村长说。

在准备宴席的日子里,不仅村长忙前忙后,我和月儿也都是颠颠地跑来跑去,月儿到别人家去借碗筷瓢盆,去请教一些会烧菜的主妇怎么烧煮,弄得于老师很不高兴,不停地叨叨说月儿不安心复习迎考,月儿不听他的,他便来跟我说。

连生啊,你要好好劝劝月儿。

连生啊,你要做做月儿的思想工作。

我说于老师你放心,凭月儿的基础,高考是没有问题的。

我的一句话又引起于老师的几句几十句甚至更多,他说什么呢,仍然是那些老话,熟能生巧,熟了才能巧,不熟就不能巧,巧就说明熟了,不巧就说明不熟,最后于老师说,懂了吧。

不懂。

我和月儿一起笑了,于老师认真地说,你们不要笑,熟能生巧是真理,是颠扑不灭的真理,你们要是能够理解了这句话,走遍天下也不怕了,你们如果不能理解这句话,说明你们还——

不熟。

我和月儿同时说。

你们说对了,于老师高兴起来,如果你们还没有理解这句话,说明你们还不熟,所以你们还要继续努力,所以你们是任重而道远的,所以你们不能有丝毫的松懈,所以你们……

但是我和月儿都在等待秀芳的出现。

那一天终于来到了,村里家家户户派出代表,也果然是按村长的要求,穿了新衣服。他们陆陆续续地来到学校,宴席就摆在教室里,显得特别有味道。村长还叫人张灯结彩了,村民们到来的时候,东看看西看看,都很高兴。

哟,像结婚了。

等于就是结婚呀。

于老师的好日子终于来了。

于老师什么时候能够抱儿子呢。

说不定已经先结果了。

不会的,他们还没有见过面呢。

你怎么知道?

村长说的。

村长说不定也不知道呢。

嘿嘿嘿。

嘻嘻嘻。

大家喜气洋洋,祝贺于老师,这时候村长进来了,他的身后跟着几个人,是一个男的和两个女的,村长笑眯眯地把其中一个温和面善的女子引到于老师跟前,在大家热切的注目下,村长说,于老师,这位就是我跟你说的秀芳。

于老师看着她,笑眯了眼,他去跟她握手,摇着她的手,说,秀芳同志,你好。

这个女的脸便红了,她扭扭捏捏起来,我,我……

村长回头向大家看了看,他的眼神是很骄傲的,好像在说,你们看见了吧,我给于老师介绍的人,怎么样?

这时候后面的那个女子一下子就冲到前边来了,她拉开了前边这个人的手,自己去握住了于老师的手,她也和于老师一样,紧紧地握着,拿于老师的手摇了又摇,看得出她的力气很大,摇于老师的手像摇拨浪鼓似的。

咦?咦咦?大家想。

于老师仍然盯着秀芳,他们都等待着下面的继续介绍,但是聪明的人,像我,像月儿,我们都已经感觉到哪里错了,我们的心一下子紧张起来,就在我们紧张的时候,跟他们一起来的那个男人说话了,村长,你搞错了。

村长不知道什么错了,他向他看看,什么错了,没有错呀,这是于老师。

那个男人说，村长你把秀芳搞错了。

村长仍然不明白，秀芳搞错了？秀芳怎么会搞错呢，秀芳是我亲自介绍给于老师的，决不会错的。

嘻嘻。

两个女的一起笑起来，那个男的指了指两个女的，做了最后的指认：这个是秀芳，这个是陪秀芳来的秀芳的小姐妹，叫文娟。

紧紧拉住于老师的手摇来摇去的这个是秀芳，她啊哈哈地笑着，于老师，你选错新娘了，我可没有选错新郎，我是秀芳呀……

村长犹犹豫豫将信将疑地看着他们，看来看去，还不相信，村长说，你们不是开玩笑吧。

他们说，我们不开玩笑。

村长说，我记得我见过秀芳，是她这样子的，不是她那样子的。

他们说，村长你不要开玩笑。

大家的脸色明显地变化了，许多人的眼神也暗淡下去了，其实于老师找一个漂亮的老婆或者找一个丑的老婆与他们并无多大关系，但是他们真的都希望于老师能有一个漂亮温柔的老婆呀。

有人开始出馊主意，想要于老师赖婚了，他们窃窃私语，说可以把责任推到村长身上，是村长弄错了人，于老师并不要和秀芳谈对象，要怪只能怪村长，等等。

村长开始是有点恼火的，他觉得自己辛辛苦苦忙来忙去，最后大家都怪他，他觉得有点委屈，想替自己辩解，但是他刚要开口的时候，突然变得聪明起来，他狡猾地笑了笑，承认了自己的错误。

我搞错了。

我的工作做得不细致。

我的工作做得太马虎。

是的呀,大家趁机说他,村长你怎么能够这样马马虎虎呢?

是的呀,这可是人家的终身大事。

村长怎么可以乱点鸳鸯谱呢?

村长又不是红娘,他不会做介绍的。

算了算了。

村长你以后要认真一点的。

眼看着大家已经把话题引到后面去了,大家的意思太明显了,他们在告诉三里亭的人,既然搞错了,就算是我们错了,就不谈了。

几乎没有一个人看得中这个秀芳,这是事实,但是他们也不知道掩饰,也不觉得需要掩饰,不行就是不行,看不中就是看不中,是可以直言不讳地告诉三里亭的人,我们不要你们的秀芳。

倒是于老师觉得他们这样说话太直白了,于老师肯定也没有看中秀芳,于老师也是喜欢漂亮一点的女人,这一点我们都很清楚,但是于老师觉得不能太不给人家面子,所以他说,先坐下来吃饭吧。

大家坐下了,肚子也饿了,正准备开饭,秀芳一下子站了起来,说,我就是喜欢于老师这样的人,你看于老师多懂礼貌,多有水平,多有涵养。于老师,我心目中就一直是要找你这样的人,今天总算有缘找到了哎。

村长连忙说,秀芳哎,其实事情被我搞错了。

秀芳说,错了不要紧,干脆我们来个错中错,错上加错,错上加错就是对的了,于老师,我说得对不对?

嘿嘿,嘿嘿,于老师大概觉得有些尴尬。

反正我是看中于老师了,秀芳大声地说着,她走到于老师身边,十分亲昵地拿起了于老师的胳膊说,我和于老师是一见钟情的,我们是真正的爱情,哎,你们大家不鼓鼓掌,为我和于老师祝贺?

有一个人已经在吃菜了,也没有听清楚怎么回事,听说鼓掌就放下筷子鼓了两下,因为只有他一个人鼓掌,掌声是零零落落的,其他人都十分不满地看着他,坐在他旁边的人踢了踢他,你乱拍什么手?

他还是搞不懂,我没有乱拍呀,你们说鼓掌我就鼓掌了。

就是就是,秀芳赶紧说,你们鼓掌就说明你们是赞同我们的,于老师哎,我们是有缘千里来相会。

无缘对面不相识,我们心里都这么说,希望于老师给她一个明确的表示,告诉她,这事情是不成功的,但是于老师嗫嚅着,不好意思说出来,这时候我注意到月儿情绪低落,走了出去,我当然是会跟出去的,从小到大,我和月儿在许多事情上都是心意相通,心领神会的。

在月光底下月儿默默地站着,我走到她身边,想说什么,但一时却不知从何说起。

屋里吃饭闹酒的声音开始起来了,不管怎么说,这顿饭大家是会高高兴兴地吃的,酒是要多喝的。

月儿,我叫了她一声。

你说于老师会不会跟她谈的,月儿问我。

不会的。

你怎么知道?

我怎么知道,这倒难说了,现在并没有什么铁定的事情可以证明于老师不会跟这个秀芳谈对象,只是理性上的推测和感情上的愿望而已。更何况,这个秀芳连村民们都看不中她,于老师怎么会……

我担心,月儿说。

你担心什么?

于老师会的。

不知道月儿的预感是从何而来的,但是我看得出月儿心里确实有了阴影,她心事重重,本来开朗活泼话多的月儿,变得沉默起来。

第 2 章

想不到事情果然如月儿所料，于老师真的和秀芳谈起了对象，村长再三向于老师解释，说是自己搞错了，搞错了可以承认错误，还要改正错误，于老师不应该为了他村长的面子错上加错的。村长又说，于老师的事情包在他身上，他立刻出发再去寻找新的对象，等等。但是于老师说，村长啊，既然你已经把我的对象领到我的面前了，你就退出去吧，这件事情已经跟你没有关系了。

咦，咦咦？于老师的话倒把村长弄得一头雾水，搞不明白了。

你再挤在里边多事，你变成第三者了，现在于老师居然变得能说会道，把村长和别人都顶得说不出话来了。

村民们也都不可理解地议论着，最普遍的想法当然是说于老师饿狠了，饥不择食了。

这种想法和说法也是顺理成章的。

只是大家不理解归不理解，毕竟这不是他们的事情，于老师一定要和秀芳谈，他们也没有别的办法的。

后来就发生了月儿和于老师吵架的事情。

你不喜欢她，月儿说。

喜欢的。

不喜欢。

喜欢的。

……

他们争执着，并没有很多的话，就这么两个字，反过来绕过去地讲，虽然像绕口令，但是到底有个谁赢谁输的问题，于老师平时是个极好说话的人，月儿从小到大，于老师都是让着她的，以月儿的性格，欺负欺负于老师也是常有的事，但是今天在这件事情上，于老师却是寸步不让，针锋相对的。

你是对自己不负责任。

我是对自己负责任。

你是捡在篮里就是菜。

我是捡在篮里就是菜。

你是——

我是——

于老师好像有点嬉皮笑脸的，脸皮很厚的样子，这是不符合于老师的性格的，他是一个认真的人，什么事情都不会玩世不恭的，但是现在于老师好像变了一个人，他好像是抱定了什么宗旨，月儿说他什么，他就承认什么，你是什么，我是什么，反正对象是一定要谈的。

月儿无可奈何，再换一个话题进攻。

你根本不把我放在眼里。

你心里根本就没有我。

你从小到大就不喜欢我。

你最好我早一点离开你的家。

你想把我赶走。

于老师终于中计了，他觉得月儿变得很莫名其妙，简直是无理取闹，因此于老师生气地说，跟你有什么关系，是你找对象还是我找对象？

你找对象也是我的事情，月儿理直气壮地说。

我找对象就不用你管。

我就是要管。

不要你管。

我要管，我就是要管，管到底，管死你，管……月儿咬牙切齿地说着说着，突然哭了起来。

换了是任何时候，月儿一哭，于老师立刻就会放弃自己的观点去迁就月儿的，所以在月儿的哭声中，于老师愣了愣，他大概想说，好了好了，别哭了，这么大的姑娘，哭起来真难听。如果月儿还在哭，他就会说，好了好了，听你的，你说怎么就怎么，好了吧，笑一笑吧。

这要是在平时，定准是这样的，所以月儿一边哭一边等着于老师的这句话，但是于老师在愣了愣以后，却偏偏没有朝这个方向走，你哭好了，他说。

月儿发现自己的这一招竟然没有管用，拔腿就往外跑，她认为于老师会追她的，因为许多年来，这也是月儿惯用的一招，而且是屡试不爽的，她跑出去，于老师必定是要追的，追上了，就哄她，她的什么要求于老师都能答应，所以月儿一招不行又用另一招，哪知于老师又没有吃她的老套，他说，你跑好了。

应该说于老师是铁了心要和秀芳谈对象了。

这里到底发生了什么事情呢，其实也不复杂，很明显，于老师为了让月儿安心高考、考上大学,才决定和一个他并没有看中的人谈对象,而月儿呢,当时介于考大学和陪伴于老师的矛盾之中,十分痛苦。

在那家幽静的咖啡馆里,老庞听着我的叙述。

于老师做出这样的决定是不奇怪的,老庞一边说一边弹了一截烟灰在烟缸里。

咖啡馆里人不少,但是声音不大,很多人到这里来,是为了享受在喧嚣的现代生活中缺少的那一份宁静,所以他们是轻轻地喝咖啡和茶,轻轻地说话,甚至不说话,但是我和老庞呢,我们来到这里,是为了知道什么呢?

现代生活的花样和节奏已经隆隆驶过乡村的原野,穿透各种各样的欲望和诱惑来到我们面前,但是于老师好像从来就没有移动过他的位置。

他一直站在那里,看我们走远。

月儿已经大了,老庞说,于老师也开始老了。

老庞的这种情绪,后来都渗透到他的剧本里了。

黄昏,于老师的灶间。

于老师穿着布鞋从灶前站起来,移动开去,接着,一只手揭开了大铁锅的铁盖,水已经烧滚了,热气腾上来,于老师呛了一下,咳嗽了几声,他把一只木水桶提到灶上,一勺一勺往水桶里舀热水,很快,热腾腾的蒸汽弥漫了一屋子。

屋外院子里,月儿手里捧着一本书,但是她精神并不集中,有点恍惚,她口中虽然念念有词地背着英语单词,但是不时地朝灶屋看看,又看看,欲说什么,却又不说,又重新背刚才背过的单词。

于老师的水桶渐渐地满起来……

院子里的月儿听到于老师在里边说,月儿,水好了,把澡盆搬到屋里洗吧。

不,月儿大声地说,屋里闷死了。

于老师那边没有声音了,于老师继续默默地舀水,水桶已经快满了……

片刻之后,于老师出来了,黄昏的院子里,背稍驼的于老师提着一桶冒着热气的清水往澡盆里加进去,澡盆边上,搁着一张小凳,凳上搁着肥皂和月儿换洗的干净衣服,水加满以后,水桶搁在地上,于老师的脚往教室走去。

月儿的脚浸入水中。

于老师推开教室的门,教室里空荡荡的,于老师想了想,便走到黑板前,拿起粉笔写了起来。

熟能生巧,于老师写了这四个字,看了看,觉得不满意,擦掉了,然后重新再写,还是熟能生巧,再看看,还是不满意,又擦了,于老师到讲台上拿起一本字帖,干脆对照着写了起来,又写了好几遍,最后又退后着看,总算点了点头,放下了粉笔。

"熟能生巧"四个大字很有力地站在黑板上。

现在于老师又没事干了,他四处看看,最后走到后窗前,往外看着,后窗外是一片田野,夏日黄昏的田野充满了烟火气息,有几只鸡在觅食,一只狗趴在一边温情地看着鸡们。

月儿洗澡的哗哗的水声。

于老师唱起歌来,田野小河边,红莓花儿开……鸡们停止了觅食,歪着脑袋听于老师唱歌,那只狗的眼睛里流露出一种说不清的东西……

老庞曾经再三地问过我，于老师有没有什么习惯动作，就是经常性地喜欢做什么。

我想了又想，摇了摇头。

老庞以为我没有听懂他的意思，他又说，比如像《列宁在十月》电影里的卫队长，喜欢拿小梳子梳头的。

没有，我最后确定地说，于老师没有什么习惯动作的。

那么口头禅呢，老庞说，就是经常挂在嘴上的，经常说的，有没有这样的话？

不等我回答，老庞忽然自己醒悟了，有的，有的，他说，熟能生巧。

后来老庞在写电影剧本的时候，为于老师设计的习惯动作就是唱歌。生活中的于老师是不会唱歌的，他不仅背不出任何一首歌的歌词，而且是五音不全的。

老庞的电影几经周折，最后是拍成功了，我在看老庞的电影的过程中，三番五次地被感动，尤其是贯穿全剧的田野小河边的音乐，一次又一次让我在心中掀起波澜。但是尽管如此，当我在讲述我们自己的故事的时候，我仍然无法用电影来取代或填补我亲身经历的事情，老庞的电影可以感动我、打动我，但它毕竟只是从我的心头掠过，而只有我们自己的人生经历才是永远固守在我的心底最深处的。

现在的于老师又进入恋爱季节了。你们大概早已经看出来，于老师的这一次恋爱，并不是为他自己谈的，于老师是为了月儿，他要月儿安心复习,顺利地通过高考,去读大学,这就是于老师当时的全部目的。其实于老师的所作所为实在是让人一目了然的,而我们在当时之所以并不太明白,完全是因为我们是当事者,当事者迷,旁观者清,我们被焦急和不安蒙蔽了双眼。

一般说来,于老师是禁不起大事情的,平时他常常会沉不住气的,但是这一次与往常大不一样,面对月儿的反复再三的作骨头,于老师竟然能够做到视而不见听而不闻我行我素,于老师变了一个人。

事后好多年,我们回忆起当时的事情,都会产生种种假设,比如说,我们假设于老师和秀芳的恋爱进行下去了,进行到底了,当然就是开花结果,于老师和秀芳结了婚,也许事情就是朝着一个正常的方向发展,尽管这个正常是建立在于老师并不喜欢秀芳的前提下的,但是毕竟于老师也结婚了,过了一年,于老师就会有一个孩子,也许是儿子,也许是女儿,都一样的,于老师都会很喜欢他们的,这样于老师经过了十多年的耽误,最后也还是过上了正常的人的生活了。

但是生活到底不是假设,于老师和秀芳的恋爱到底是没有能够进行下去,更不要说结出什么果实了。

第 3 章

为了让考生适应考试现场,不至于到时候过分紧张,县中组织了一场预考,于老师非要陪我们来,他说预考和正式考试是一样的,那一天下着雨,大家说,高考的日子一般都很热,希望今年高考那几天也下一点雨,天气凉快点,也算是老天保佑考生。

记得我和月儿走进设在县中的预考考场,我们回头看于老师,他站在校门外,打着伞,向我们挥手、挥手,我和月儿,我们的眼眶有点湿润。

雨哗哗地下着,月儿大声说,于老师,你不用等我们。

好的,于老师也大声说,你们安心考试啊。

想不到几个小时以后,我们出来向校门口走去,眼前看到的,仍然是早晨那样的情景,于老师打着伞,站在雨中,隔着学校的铁门望着我们……

月儿奔出去,你一直等我们?

嘿嘿。

你一直没有走开?

嘿嘿。

你——

不说了,不说了,于老师高高兴兴地拉起月儿的手,走,我请你们上馆子吃一顿。

我们开开心心地走在县城的街上,踩着积水,我们的鞋和裤腿都湿了,但是心情却是好极了,我们边走边说话,于老师带着我们走进一家漂亮的饭店,刚刚坐下,就听得一声尖叫。

哎呀呀。

秀芳手里抱着许多刚买的东西,身上湿淋淋的,样子有些狼狈,她瞪着于老师,好像看到一个怪物。

哎呀呀,秀芳再度尖叫起来,你怎么说话不算数?

于老师摸了摸后脑勺,他也哎呀了一声,到这时候于老师才想起事情来,但是太迟了,于老师只好抱歉地向秀芳笑了笑。

你还笑得出来,秀芳说,你说好在百货商场门口等我的,你人呢?

对不起,对不起,于老师说。

说对不起有屁用,秀芳说,说好了买好东西回镇上去领结婚证的,现在你看看什么时候了?

我们可以下午去的。

下午个屁,今天下午人家不办公。

那,那就明天,于老师说,明天行不行?

你是不是存心不想结婚,秀芳是咄咄逼人的,因为今天的理在她那一边,是于老师失约了呀,于老师无法辩解,所以秀芳就更逼进一步地说,你不要以为我想跟你结婚,是我求着你的,我老实告诉你,追我的人多得是,在后面排着队呢,你这样的条件,有什么资格拿乔?

于老师嗫嚅着说不出话来,月儿心里难受,忍不住说了一句,今天我们考试,于老师等我们的。

考试？秀芳横眼打量了月儿一下,你考试？

气氛有点紧张起来,大家已经感觉得到要出什么事情了,但是还没有来得及反应过来,秀芳果然出口伤人了,你也不撒泡尿照照自己,一个瘸子,还想考大学？

呼的一下,于老师站了起来,你、你说什么？

秀芳是拎不清的人,她是不会看脸色的,她还以为于老师真的没有听清楚呢,就又重新说了一遍,我说呀,瘸子还想考大学？

于老师的脸涨得通红,声音也憋得变了调,他指着秀芳的鼻子,你、你、你向她认错！

我认错？秀芳又横了月儿一眼,我现在向她认了错,以后她还不爬到我头上屙屎屙尿,一个瘸丫头,没那么金贵。

于老师脸色很难看,他又问了一遍,你认不认错？

你做梦。

于老师不再说什么话了,他慢慢地在口袋里摸什么东西,他的手好像有点抖,我们的心情都很紧张,后来看到他摸出一张纸来,向秀芳扬了扬,这是村里开出来的领结婚证的介绍信。

秀芳却没有感觉到气氛的走向,她仍然顺着自己的感觉在走,明天？明天你有空我还没空呢,想领结婚证,等我的通知吧。

嘶啦——嘶啦——于老师将那张介绍信撕成了碎片,碎片一片一片地落下去,像雪花一样,无声无息地飘落在饭店的砖地上。

你撕了什么,你撕了什么,秀芳现在有点急了,她到地上去拾撕碎的纸片,你干什么？

于老师拉起月儿，月儿，我们走。

秀芳急忙扯住于老师，你怎么走了，你不能走，你不结婚了？

不结了。

你说得倒轻巧，秀芳脸上青一块白一块，这由不得你说了算，我们村里的人都知道我今天是出来领结婚证的，都知道我要结婚了，你别想就这么算了。

于老师仍然要往外走，秀芳紧紧地拉住他，你要我向小瘸子道歉是不是，好，我道歉就是，喂，小瘸子，你叫什么名字？

于老师用力一甩，甩开了秀芳，你道歉也没有用了。

秀芳说，你自己不想想，多大一把年纪了，能找到我这样的人，你还不识好歹，真是瞎了眼呀，你要和我吹了，你这一辈子也找不到老婆结不了婚，于老师，你真的不结婚了？

月儿恨恨地说，要结婚的，但是不和你结了。

不和我结，和谁结，谁要这么个穷酸老光棍，秀芳恼羞成怒地指着月儿，难道和你结？说出来也不怕别人笑掉大牙了，光棍老师和他的瘸子女儿结婚？

于老师举起手来，高高地举起来了，他是要打秀芳的，但是他最终没有打下去，于老师不是一个会打人的人，他是软弱的，是下不了手的，他举起来的手落下去的时候，却是拉住了月儿。于老师说，月儿，对你不好的人，我决不会理睬她的。

于老师最终结束了这场本来就不应该发生的恋爱故事。

这场不该发生的恋爱故事是因月儿产生又因月儿结束的，整个事情发生的过程我在哪里呢，我是在现场的，但是我说不出话来，不知为什么，我心里有一种慌乱的感觉。

我辨别不出我心里慌乱的滋味，也不知道这种慌乱从何而来，因何而生，其实等到以后我们长大了，我们会知道一些比较奇怪、难以解释的东西。比如说，有时候一个人的心中出现无名的慌乱，很可能是某件事情出现了预兆，事后会证实某些东西的，只是在当时我是一无所知。

这件事情很快就有了结局，这个结局是所有的人都没有料想到的，月儿高考落榜了。

我离开村子去上大学了。

几乎全村的人都来送我，我是我们村第一个大学生，大家都知道我是兴高采烈意气风发地去上学，其实那时候我的心情坏透了，一瞬间，我甚至不想再去读什么大学了，心里边一阵一阵地发闷，似乎有什么东西向外涌。我甚至不敢看月儿的脸，我觉得我们之间有一道像沟一样的东西在轻轻地裂开，它还不明显，但是我已经能够感受到了。

老庞后来在写剧本的时候，为全村人送我去上大学这一情景加了一段画外音：

大家都以为我不会回来了，其实他们错了，我是一定会回来的，为了月儿，为了于老师，我一定会回来的……

电影里充满了浪漫和温馨，但是生活不是电影，生活中更多的是严峻和残酷。

当我一脚迈出大学校门渐渐地融入城市生活以后，才感受到生活这位老师的严厉，这时我就怀念起于老师来。于老师自己对他的生活老师回答得都不够好，可是他却能够让我们满意地坐在他的树荫下乘凉。

但是于老师是已经被他的老师远远地忘在了脑后的呀，连月儿也被他留了下来，他们一直在向前走着，但是他们的移动却是缓慢的，远远地看去就像在原地踏步。

当时我是不能够考虑到这些问题的，我的心成了一团乱麻，我无法理清这些线索，我只是隐隐约约地感觉到，从前的那些梦，无论是美好的还是不美好的，都一去不复返了。

还是让我去上大学吧，让我走过这一段，都说时间是最好的良药。

第 4 章

在后面的故事里,我开始退出角色了,我走了,去上大学了,许多年来,每天每天,我几乎都是和于老师和月儿共同相处的,这样的生活已经离我而去。

但是我的心不会离去,我是不可能真正彻底地退出角色的。我还是要回来的。

在进入大学的第一个寒假来临的时候,我报名去做家教,那一天,家教中心的老师来通知我,已经替我联系好了对象,是个初中生,老师最后顺便说了一句,那个孩子的名字很有意思的,叫向太阳。

就在这一瞬间,我的心里突然地颤抖了一下,我改变了主意,我说,我不做家教了,我要回家。

老师奇怪地看了我一眼,却没有再说什么,老师理解我们这些孩子的思乡之情,那就回去看看吧,老师说,春节是团圆的节日。

我是从太阳想到了月亮,从月亮想到了月儿,又想到了于老师,就是这样简单。

从县城往乡镇去的长途车上,我遇见了于老师,这是一个冬天的黄昏,于老师气喘吁吁地上了车,坐在我前排的位置上,他紧紧地抱着一个小包,佝偻着背,头上的白发更多了,坐下来的时候,我甚至没有认出他来,在我的印象中,于老师还是那个年轻时的于老师,是爸爸牵着我的手走进小学把我交给于老师时的那个于老师,是牵着我的手走进教室让我坐下的那个于老师,他二十多岁,头发短短的,他精神饱满又神秘兮兮地对我们说,同学们,我告诉你们一个诀窍,熟能生巧,懂了吗?

不懂。

于老师笑起来,我知道你们懂了。

我的于老师是那样的一个于老师呀,现在坐在前排位置的这个几近衰老的人,怎么会是于老师呢。

和于老师同座的农民他是认得于老师的,他向于老师笑了笑,指了指于老师抱着的包说,你抱得那么紧。

于老师前边的几个人也回过头来看于老师,他们笑着,有一个人说,是钱吧。

于老师你这样等于是告诉别人呀。

这叫此地无银三百两呀。

学校发奖金吗?

哪有奖金哦,一个看起来对教育比较了解的人说,教师工资都欠了大半年了。

嘿嘿,于老师仍然紧紧地抱着小包,他只是笑笑,并不说话。

我是从于老师的嘿嘿笑声中发现他是于老师的,我心里一热,趴到于老师肩上,我觉得我的眼泪快要掉下来了。

于老师回头看到了我,哎呀呀,哎呀呀,他大声地叫起来,是连生呀,是连生哎,他回过身来和我紧紧握手,他拉住我的手摇了又摇,连生啊,连生哎,他说。

车上有人认识我,他们向不认识我的人介绍说,是大学生。

是大学生,于老师说,他是我们村里头一个大学生呀。

噢噢。

是我们县里的高考状元,于老师又说。

噢噢。

他现在在北京读大学,是高才生呀,于老师又说。

噢噢。

在大家羡慕的眼光中,于老师不停地呵呵笑着,我又急于问他月儿的情况,于老师小心翼翼地打开他紧紧抱着的那个小包,把一张招工表递到我面前,我一看,是一张县级机关干部招聘表。

我到县里拿来的,于老师说,他们起先不肯给我,我说,你们不给我,我就不走了,后来他们只好给我了。

于老师拿着那张招聘表,对我说,连生啊,你看看这张表,你仔细看看,这就是月儿的工作啊。

月儿的工作成了于老师的心事,当然这些是我回到于老师和月儿身边才知道的,我把它们都叙述给了老庞,但是我觉得我的叙述远没有老庞的剧本那样简洁明了又一语道破:

景:县级机关干部招聘考场门口

时:日

人:月儿、于老师

月儿从里边走出来,于老师迎了上去,但是他一看到月儿的脸色,就明白月儿又没有被录取。

他们同时沉默了,过了一会儿,又异口同声地说出相同的话,不要紧……

景：县城的大街广告栏前

时：日

人：于老师、月儿、看广告的众人

于老师拉着月儿过来看广告，看得出月儿并不寄什么希望，但是为了不让于老师扫兴，她也认真地看着。

旁边的人议论着，现在的广告像雪片一样多。

雪下下来就化了，等于一场空呀。

是呀，所以应聘成功的很少。

几乎就没有。

还有很多是骗人的。

你们看看这一条，招聘推销员，月薪八千，开什么玩笑？

拿我们寻开心的。

于老师始终不被他们的议论所影响，他仔细地一条一条地看过去，终于看到了他认为合适的，月儿月儿，你快看。

这是一条电脑公司的招聘广告。

景：某电脑公司

时：日

人：于老师、月儿、电脑公司人员

于老师：我们月儿，从小就喜欢听收音机的……

电脑公司的两个人对视一眼，忍住了笑。

于老师却还在努力，是差不多一回事吧，收音机和电脑，反正都是……

电脑公司的一个人用手指指自己的脑门,对另一个人暗示,这个人是不是这里有问题?

于老师并没有在意他们的嘲笑,但是月儿注意到了,她心里很难过,于老师做了许多年老师了。

于老师:我是前窑小学的。

电脑公司的人直接说,我们要招大学生。

于老师:月儿考过大学的……

电脑公司的人:我们要的是大学毕业生,不是大学的落榜生。

景:某公司

时:日

人:于老师、月儿、公司人员

于老师拉着月儿推开门:月儿,这家公司招聘会计,这是你的特长呀。他推开门就对人家说,月儿打算盘是一流的水平。

大家都笑起来,现在哪里还是算盘的年代呀。

于老师硬是把月儿推到前边,他拿出算盘叫月儿打,月儿明知人家在看笑话,但是为了于老师,她还是做了,她噼噼啪啪地打了一阵,大家看得倒是眼花缭乱,不得不佩服月儿算盘打得好。

公司负责人说,但是我们需要的是计算机人才。

另一个人说,如果时间退回去十年二十年,我们老板肯定要你了。

景:县城的街上

时:日

人:于老师、月儿、于老师的学生小许

于老师和月儿走在街上,突然有人喊了一声于老师。

于老师没有认出他来,他热切地握住于老师的手,于老师,你不认识我了?我是小许呀。

于老师:小许?

小许:我是你的学生,我从前在前窑小学念过书的。

于老师想起来了:噢噢噢,小许,小许,是的,小许……

小许看了看月儿:这就是月儿吧?

月儿笑了笑。

小许:于老师,我早就听说你的事情了,也知道月儿的。

于老师高兴得笑眯了眼:是呀是呀,月儿。

小许:于老师,你们在县城干什么呢?

于老师:我们,我们在找工作。

小许:找工作?

景:县城某大宾馆

时:日

人:于老师、月儿、小许、王总经理

小许:王总,这就是于老师,这是月儿。

王总盯着月儿看了看,露出笑意,好呀,好呀……

小许:王总,月儿高中毕业……

王总摆了摆手:我明白我明白,嗯,按说呢,高中毕业是很难安排工作的,不过吗……

于老师紧张地看着王总。

王总:不过吗,根据月儿的具体情况,我可以考虑……王总看月儿时的眼色,让人很不舒服。

于老师看看月儿,月儿没有吭声。

王总热情地:月儿,你今天就可以留下了。

景:宾馆外

时:日

人:于老师、月儿

于老师:月儿,走,我们不在这里做。

月儿:我,我愿意留下来。

于老师:我不许你留下来。

月儿含着眼泪:于老师,你为了我的工作,辛苦奔波了多少日子了,这些日子来,你没有吃过一餐安顿的饭,没有睡过一个安稳的觉,现在终于有了机会,你又……

于老师急了:月儿,这地方不适合你。

月儿:只要找到工作——

于老师生气了:月儿,你是不是贪图虚荣,觉得这地方……下面的话于老师没有说出来,因为他深深了解月儿,月儿是为了让他安心,才愿意留下的。

于老师拉起月儿就走,小许在后面追着问,怎么啦,怎么啦。

他们已经远去了。

于老师原地踏步的后果已经不容改变地表现出来,在我的叙述中,我和老庞一开始对于老师是亲近和喜欢的,但是我和老庞一直都在被我叙述中的时间拽着往前走,现在却忽然发现了我们和于老师之间的距离,那么这个距离是从什么时候开始的呢?

从一开始可能就有了,老庞说,比如说熟能生巧,这确实是个道理,问题是巧什么东西,巧了又有什么用,这个于老师不考虑。

老庞已经融进了于老师的世界了,于老师性格中的那种固执,那种不顾周边环境不管别人看法的一厢情愿,尤其是于老师对月儿的爱和关心,老庞是真的懂了。

我们还是回到当年的乡村班车上吧,当于老师炫耀着那张招干表时,有一个乘客想拿过去看看,但是于老师不肯,不要看了吧,他说,也没有什么看的,你不要弄脏了。

拿了这个表就有用了吗?有人问。

当然有用的。

那我们也去拿一张填填,就能当县委干部啦?

那不行的,于老师有点急,好像怕人家抢去什么,他说,要考试的,先是笔试,还要面试呢。

噢,噢噢。

他们的表情里虽然还有一点将信将疑,但更多的已经是敬意和羡慕了。我不太清楚他们的敬意是对拿到表的于老师的敬意,还是对即将填表的月儿的敬意,但是乡村人的底气,这一点我是清清楚楚明明白白的。

车到站的时候,天色已经昏暗,现在从镇上到我们村,已经有了其他的一些交通工具,因为这条路不算太远,汽车是不必要的,有三轮的小车,都漆成红色的,可能乡间的人认为红色比较喜庆,比较吉利,村民们称它为红癫团。也有摩托车,是一些有了点钱的村民自己买的,买了就是为了做营利性的交通工具。也有人买不起摩托车,但是也想挣一点钱,就用自行车,你可以往他的自行车后座上一坐,他就骑着送你回家,给他三块钱、五块钱,甚至更少一点两块钱也肯的。有时候要骑很长的路程,人家只肯给一两块钱,他们犹豫半天也会答应的。他们总是想,力气是天生的,又不要成本,不花也是白不花,这一块钱两块钱不挣就没有,挣了就有。所以他们说,好,上来吧,自行车就骑在乡间的公路上了。最后的交通工具就是我们的老相识拖拉机了,从前我们都知道,拖拉机是村里的公共财产,只有村里有什么事,才可能动用拖拉机,村民坐拖拉机,只是搭乘,没有谁可以专门为他开一趟拖拉机去办什么平凡琐碎的事情的。在我们村,只有于老师例外,村长经常为了于老师找对象的事情,开出拖拉机,村民们就趁机搭乘,他们说,我是托于老师的福呀,以后于老师找到了对象,讨了老婆,我们就没有这么便利了。哪知道这句话一说就说了二十年,到了后来,渐渐的他们不再说这样的话了,虽然有时候他们仍然是搭乘于老师的拖拉机,但是大家都不再说这个话题了。如今守候在镇头路口的拖拉机,是农民自己的拖拉机,他们在农忙的时候,拿它来运输粮食,造房子的时候,运输建筑材料,农闲的时候就运输人,也可以向办红白喜事的人家出租,现在办婚事的人家租用拖拉机少多了,多半租给人家办丧事,他们坐在拖拉机上哭天哭地,他们的哭声和拖拉机突突的声音混成一团,给宁静的乡村增添一些气氛。

现在我和于老师就站在镇头上,我们的面前有好多等待生意的交通工具,但是我和于老师对视了一眼,我们心意一致。

走回去吧。

走回去。

我们把拉生意的叫喊声扔在身后,我们踏上了回家的路。多少年来,我们多少次像这样披着夜色踏上回家的路,那样的日子已经远去,新的日子会是怎么样呢。

迎接我们的是月儿板着的脸,于老师说,月儿,你连生哥回来了,你也不高兴?

我高兴。

高兴你怎么还板着脸?

你为什么老是这么晚回来,月儿说,以后不等你了。

不等不等,于老师笑呵呵地拿出表,以后就是我等你啰。你到县城上班,一个星期也不一定能够回来一次呀,那时候我就要天天等你了。

不用你等,月儿仍然没有笑意。

没事的,没事的,于老师说,这一路上我已经想好了,我要省下钱来装一部电话,这样你哪天回来告诉我一声,我就可以到镇上去接你了。

扑哧一声,月儿笑了出来,她说,县机关是你开的呀。

嘿嘿,于老师也笑起来,他认真地说,不是我开的,但等于是我开的,他回头征求我的同意,连生你说是不是?

是的,我说。

今天我要喝酒了,于老师说,我今天不喝酒,什么时候喝酒。

于老师去买酒的时候,月儿告诉我,于老师为了她的工作,已经不知跑了多少地方,拿回多少张表,但是……

下面的话不说我也能够知道,我说,那么这张表你还填不填?

要填的。

我是明白月儿的,她明知没有希望,但是为了不让于老师难过,她是会填的,她会认认真真地填好每一格的内容,然后跟着于老师到县里去参加笔试和面试,最后,她会被通知未被录取。

最后的事实与我和月儿的预测是不差分毫的。

这一次失败以后,于老师显得有些茫然了,他的那股不屈不挠的精神明显地减弱了,在月儿面前,他小心翼翼,再不提工作的事情,一直到春节前,乡里召开教师大会,于老师去开会的时候,事情又有了新的变化。

乡党委书记说,本乡的教师流动比较大,师资队伍不够稳定,希望广大老师以教育为重,安心工作等等。

这时候会场上忽然有一个人站了起来,他直愣愣地站立在会场中间,显得十分醒目,只是他站起来以后,一时却没有说出话来。

会场上有一点小小的骚乱了。

是于老师。

前窑小学的。

他要干什么?

乡党委书记也是认识于老师的,他叫了一声于老师,笑眯眯地说,你有什么话尽管说吧。

于老师说,我听了李书记的报告……

书记说,我姓王。

噢噢,于老师说,我听了王书记的报告,明白了一个道理,也就是说,目前我们乡里村里的学校缺少老师,对不对?

书记有点尴尬,他既不能说对,也不能说不对,说对吧,显得他的报告太没有政策水平,讲了半天大道理,老师们居然只听出缺少教师这么一层意思,其实书记的报告里,有多层意思的,不知道是他讲得不好,没有传递出来,还是教师们听的水平有问题。说不对吧,他又是否认事实,因为事实上,现在乡村教育力量确实薄弱,师资缺乏,而且在他的报告里,确实是讲了这一层意思的,所以书记就有点为难了,他只是向于老师点了点头,并没有回答对或是不对。

但是他的点头，就鼓励了于老师，于老师说，既然是这样的，我推荐一个人做老师。

于老师无疑是要推荐月儿，恐怕在场的，了解于老师情况的人都能想到这一点，只是书记觉得在大会上，在他讲话作报告的中间，突如其来插这么一杠子，有点不协调，于是书记说，于老师，推荐人做老师的事情，会后我们再商量吧。

于老师愣了愣，仍然站着，他有点犯呆。

书记说，于老师，请你先坐下。

于老师这才坐下去，大家都觉得于老师还没有到老态龙钟的年纪，但是已经有点老态龙钟的样子了。

于老师老得快呀。

去年看到他还不是这样子的呀。

可能工作量太大了。

可能一个人太孤单了。

大家对于老师议论纷纷，于老师听到他们的议论，便回头向他们点点头，并且说，谢谢，谢谢。

应该说，这时候的于老师已经开始有一点着三不着两的东西流露出来，只是大家并没有往心上去，只是觉得他有点老了，反应也慢了。

于老师推荐月儿做老师的事情，就是从这里开始的，散会以后，乡里负责教育的人告诉于老师，考虑到于老师几十年来为乡村教育做出的贡献，乡里可以安排月儿做老师，但是最终的决定权在县教育局。他们说，于老师，你放心回去等消息，我们先把月儿的名单报到县里，过了春节，我们到县里开会的时候，会向县里的领导说起这件事情,我们会努力去促成的。

但是于老师等不及过了春节的,他决定自己跑县教育局,临出发前,于老师突然想得周到起来,我拿什么证明我是谁呢,他想,这样于老师就来到村长那里。

村长,我要开一张介绍信,于老师说。

啊哈哈,村长是一副你来得正好的样子,村长说,我正要去找你呢,介绍信我已经给你开好了。

咦,于老师说,你知道我要到县里去?

村长得意扬扬地一笑,我怎么会不知道,这事情还是我亲自办的呢,我跟县里的领导吹了一大通,他们都感动了。

哎呀呀,于老师十分感动,村长,太谢谢你了。

说什么谢呢,村长说,你的事情解决了,就等于是我自己的事情解决了,你是知道的,这么多年来,你的事情一直是我心头最大的疙瘩呀。

村长人好的,于老师说,村长真是好人啊。

村长从抽屉里拿出早已经开好的介绍信交给于老师,于老师,你自己看一看,这样写好不好。

不用看的,于老师说,村长办的事情,还会错吗?再说了,你又不是不认识我,你又不是不知道我的情况,于老师一边说一边把介绍信小心地收好了。

你们肯定已经看出这里边出了问题,事实也确实如此,村长和于老师的思维走岔了,于老师是要到县教育局去,而村长则是介绍于老师到县民政局,村长所说的向县里的领导吹了一通,其实是和民政局的人谈了谈于老师的难题,民政局答应替于老师想想办法,这就有了村长写介绍信的事情。而于老师将拿着这封介绍信到县教育局去为月儿找工作，误会就是这样产生的。

只是现在于老师和村长都还不知道，他们都沉浸在自己的激动之中。村长现在也老了，他眯着眼睛看着于老师远去的背影，终于松了一口气，这下子好了，他说，要不然，我都要抱孙子了，你还不结婚，这算什么？

于老师当然也是怀揣着激动的心情，在大家忙碌着准备过年的时候，来到了县教育局。

依照正常的推想，于老师来到县教育局，他要找局长，也许人家告诉他，局长不在，或者到哪里去开会了，那么于老师要找副局长，人家又告诉他，副局长也不在，这正是忙碌的时候，副局长们不会待在办公室里，没有那么清闲的事情。那么我怎么办呢？我的事情该找谁呢？于老师说，人家当然会问他什么事，于老师试着想说一说的，但是怕自己说不清楚，就先把村长的介绍信拿了出来，交给了这个人，这个人很可能是教育局某个科的，可能是分管乡村教师师资的那种科，反正于老师也不一定能够说出是什么科，于老师那时候觉得，只要找到他们，他的心就踏实多了，而这个人是什么人呢，于老师也不清楚，他或者是科长，或者是副科长，也或者是一般的科员，但在于老师眼里，他就是自己的福星，于老师觉得只要他嘴里吐出一句话，月儿就能做老师了，所以于老师把介绍信交给他以后，紧紧地盯着这个人的嘴，期望着从他的嘴里说出一句话，没问题，你放心之类的，于老师甚至还揉了揉了眼睛，怕自己看不清楚。

这个人看村长的介绍信肯定是要看出问题来的，但是他一时没有能看明白，因为事情太奇怪了，他的脑子飞快地转着，想判断出个所以然来，但是他判断不出来，这个自称于老师的人，拿了一封婚姻介绍信,来给教育局的人,是干什么呢?这个人工作多年从来没有碰到过这样的事情,他又惊讶又奇怪又怀疑又好笑,一时间他认为自己的思维出了什么毛病,所以他镇定了一下自己的情绪,又看了一遍,还是不明白,再看一遍,仍然不明白,渐渐地不知不觉中,他的嘴巴越张越大,这肯定是因为他的惊异越来越强。

在于老师看来,教育局的同志张大了嘴巴,他肯定是要说话了,看他脸上的表情,于老师能够断定事情有了希望,于老师急切地说,同志,怎么样?同志,怎么样?

这个同志的眼睛从介绍信上移开,移到于老师脸上,他看了看于老师的脸,问道,你刚才说,你是哪个乡哪个村的老师?

是汾湖乡前窑村小学的,于老师赶紧说。

你说姓于,是于老师?

是,是于老师。

这个人的眼睛回到介绍信上又看了看,又回到于老师脸上,你个人的婚姻问题一直没有解决?

嘿嘿,于老师有些不好意思,这倒没有什么,他说。

你今年多大年纪了?

嘿嘿,我属狗的,今年四十三。

噢,这个人又犹豫了,好像不知道往下该怎么说。

怎么样同志,怎么样同志,于老师急切地追问。

你知不知道我们教育局是管什么的?

知道知道,于老师说,管老师的。

这个人又发愣了,于老师说得也不错呀,他不能说你说错了,但是他也不能说你说得对,说得对,意味着他可能要帮助于老师解决他的老大难问题了,他又不是婚介所,他自己的婚姻问题还没有解决呢，谈了一个对象，还在磨着，所以他觉得十分为难，又觉得不可思议，这个自称于老师的乡村老师，哪一根筋搭错了呀？

就在他不知道该怎么办的时候，他的同事进来了，他们大概是出去办事的，现在两三个人一起回来了，进来的时候，看到这样一幅情景，两个人面对面地坐着，一个是愣愣的，一个是呆呆的，他们笑起来，说，怎么啦，丁向东。

于老师这才知道这个和他谈话的人姓丁，于老师又说，丁同志，丁同志，你看行不行？

丁同志终于有了办法，他把于老师给他的介绍信交给了他的同事，你们看看，这算什么？

他的同事就看了，一个看了，张大了嘴，二个看了，又张大了嘴，他们一一看过来，个个张大了嘴笑起来。

哈哈哈。

呵呵呵。

于老师也很高兴，也跟着他们一起笑，嘿嘿嘿。

你认为这事情归我们管吗？

你是专门为这事情来找我们的吗？

是谁叫你来找我们的呢？

于老师觉得他们问得越来越细致，也就是说，成功的希望越来越大了，他连连地点着头，他们问什么，他都点头说是的是的。

还是那个丁同志，他觉得事情实在是蹊跷，他又问于老师，这个介绍信，你自己看过吗？

看过的，于老师说，是我叫村长写的呀。

呵呵呵，他们又笑了。

于老师在他们的笑声中，兴奋地说，我说事情能够办成的，我说有希望的,我说领导上会重视的,我说——

他们的笑声开始收敛,脸上的笑意也开始僵硬,他们的目光也发生了变化,只是于老师注意不到,他沉浸在自己的思绪中,他继续说道,他们都叫我不要出来,他们说,你去也没有用的,幸亏我没有听他们的,幸亏我有自己的主张,我说肯定要我亲自去的,我亲自出马,就会办成的,嘿嘿,嘿嘿……

你,他们中间的某一个人,开始小心翼翼地说话了,你,是于老师?

是于老师。

你,那你的个人问题怎么会一直没有解决呢?

嘿嘿,于老师说,我也不太积极。

那现在这事情你积极了?

那是当然,于老师说,现在的事情当然积极,这可是我一辈子最大的心事呀。

他们互相看了看,眼神都是怪怪的,他们几乎同时开始往某一个方向想过去了。

是不是从前一直解决不了,你才——

是呀是呀,我也不知道跑过多少地方,找过多少人,可是一直不得解决呀,现在找到你们,就好了。

他们又面面相觑,实在是不能明白,于老师一会儿说他从前不积极,一会儿又说,跑了多少地方解决不了,于是他们的思维更朝着那一个方向去了。

这个人有病?

他是不是于老师?

他们用眼光交流着感想,最后由他们中的一个人出面问道,于老师,你,有没有那个什么,我们是说,这个介绍信当然是可信的,但是现在也有那个什么⋯⋯

他们毕竟都是心肠比较软的人,好像还不便直接地说出来,说于老师的介绍信是假的,所以他吞吞吐吐,希望于老师能够听懂他的半句话,但是我们知道于老师的思维也是直线型的,说了一半的话,或者拐弯抹角的话,他一般是不能领悟的,所以于老师问:

也有什么?

这就没有办法了,逼得他只好直说了,他说,现在外面什么东西都有假的,介绍信也可能有假的,伪造出来的,所以于老师你如果有身份证,给我们看一看⋯⋯

于老师一点也没有生气,他们怀疑他的介绍信的真实性,他丝毫没有不高兴,因为他心中有底,不虚不慌,没有什么会使他不高兴的,于是他坦坦然地拿出了身份证,于老师拿身份证的时候,从口袋里掏出了许多东西,他一一放在桌上。

这是我的身份证。

这是工作证。

这是我参加县里的珠算比赛的奖状。

这是——

但是于老师的这些证明,反过来更增添了他们的怀疑。现在他们的怀疑已经从多义的怀疑走向单一的怀疑,也就是说,他们现在有了明确的方向,他们认为这个于老师是真的于老师,他们怀疑的是于老师的精神是否出了问题。

这时候,他们科室中的一个人已经出去把这件事情告诉了其他科室的同事,其他科室的同事中有一个人说他认识于老师的,以前见过,一起开过会,所以他跑过来,站在门口看了一下,他确认于老师就是于老师,是他,他说,不过老得很快呀。

这样他们的想法就完全一致了。

于老师有病。

肯定有病。

教育局的他们开始稳住于老师,他们到另一间办公室,先往乡里打电话,但是乡里的电话没有人接。他们后来终于找到了前窑村的电话,打过去的时候,正是村长接的。

怎么会呢,村长大惑不解,我明明叫他到民政局去的。

教育局的他们说,现在不要说别的话了,村里应该派人来把于老师领回去,不管他现在的病情是怎样的严重,他还是教师队伍中的一员,教育局有责任对他负责到底的。

怎么会呢,村长仍然想不通,走之前他到我这里来还是好好的,很正常的,怎么到县里会生这种病呢。

当村长和教育局的同志在通话的时候,于老师正坐在隔壁的办公室里,他笑眯眯的,喝着茶水,抽着人家给他的烟,说,好人啊,你们都是好人。

接下来的事情是我亲历了的,村长接了电话就跑去告诉月儿,当时我正在月儿家里,我动员月儿再复习一年,参加明年的高考,我认为月儿能够考上,但是月儿答非所问地说,于老师又到县里去了。

正在这时候,村长来了,他叫月儿赶紧上拖拉机,要立刻到县里去接于老师。

月儿痛哭失声,她几乎迈不动步子,是我和村长扶着她上拖拉机的。月儿从小就是一个刚强的孩子,我是头一次见到她这么软弱这么无助地哭泣,我的心痛得几乎要碎了,我真想对她说,月儿,我会一辈子保护你爱护你呵护你，但是我没有说出来，我知道月儿现在不想听我说话。

事实上，在我们心急如焚往县里赶的时候，于老师那边的事情也已经解决了，他们在等待我们接回于老师的过程中，又和于老师谈了谈，发现了一些问题，经过再三的核实，终于将误会揭开来了，大家大笑了一顿，立即再给村长打电话，但是村长已经和我们一起在路上，接不到电话，所以当我们赶到县教育局，一切都已经风平浪静，于老师没有得病，于老师推荐月儿做老师的事情也已经落实下来，教育局的同志受到感动，答应尽全力帮助于老师。

结果是皆大欢喜。

但是更后面的结果却又是我们料想不到的，县教育局批准了乡里上报的月儿当老师的申请，月儿的工作岗位就是前窑小学。那就是说，前窑小学要多出一个老师了，这是不可能的，乡村的老师都是一个萝卜一个坑，决不可能多一个人多开一份工资的。

那就意味着月儿是要顶替一个人的，这个人是谁呢。

是于老师。

于老师学历很低，他只念了两年初中，根据政策规定，于老师是不能再继续做老师了，现在的大学生、师范生一茬一茬地出来，于老师要下岗了。

文件很快就下达到村长那里了，那一天村长挖挲着两只手没有办法了，他说，这叫我怎么办，这叫我怎么去见于老师？

但是村长还是来和于老师见了面，村长说，于老师啊，你想开一点，这也是没有办法的事情。

我知道的，于老师说，我知道的。

于老师你有什么要求尽管说出来，村长可怜巴巴地看着于老师,他甚至希望于老师提出许多无理的要求来。

但是于老师的要求太简单了,他说,村长,开学的那一天,你让我上最后一堂课好不好。

为了于老师的这一堂课,我特意向学校请了假,我要迟两天才能回去报到,无论如何,我要听于老师上这最后的一堂课。

开学的日子终于来了,于老师上的是珠算课,我和月儿还有许多早就毕业的同学都来了,于老师这一课上得特别长,讲得特别多,他讲的都是珠算的作用。

小学生们欢快地跟着于老师在念珠算口诀,我和月儿,还有其他长大了的同学,我们也跟着他们一起念着:

一上一,二上二,三上三,四上四……

我的叙述终于停下来了。

你继续说呀,老庞说。

没有了。

没有了?

没有了。

以后呢?

没有以后了。

为什么?

以后我又走了。

没有再回来过?

回来过的,但后面的故事我最多只是听了点点滴滴。

老庞听完了我的叙述,沉默了很长时间,老庞说,连生啊,这是怎样的一个故事呢?

于老师代表着理想,我说。

代表着他自己的理想吗?

是的,所以他的生活很有力量,这种力量甚至还波及到别人。

可是老庞叹起气来,他说,我怎么办呢?

我一时没有弄明白老庞的意思,什么怎么办?

电影不能这样子,老庞说,当代的生活是这样多彩,已经丰富得人们没有多余的空间了。我们怎么能让于老师过这样的生活呢。

电影要哪样子呢?

老庞想了想说,要让于老师过上幸福的生活。

什么是幸福生活呢,什么是于老师的幸福生活呢?我和老庞面面相觑。

说实在的,我们所能替于老师设计的幸福生活,就是帮于老师找一个贤惠的老婆呀。

那就找吧。

在这个事情中,有一点令我不解和意外的是月儿的态度,以月儿的性格和月儿对于老师的爱,是很难让她去顶替于老师做老师的,虽然到了后来,于老师的教学工作确实有点跟不上形势,但是月儿宁可自己永远找不到工作,她也不会去顶了于老师的位置的,一直到后来,几年以后,我们才知道其实月儿在当时已经萌发了那样的想法,只是那想法还没有成熟,还没有到时机。

那一年月儿十九岁。

这就是以后发生的故事的中心和灵魂了。

第 四 部

第 1 章

那么现在应该是老庞和我共同为于老师设计的幸福未来了。

因为以后的于老师和月儿的生活经历,我是无法再参与了,那么后面的故事怎么办呢,在我离去的日子里,他们的故事继续发生着,老庞还等着呢,我对老庞说,老庞,对不起了,你可能要另外找人讲述了。老庞说,我不再找别人了,就你了,你往下说。

但是我已经不在现场。

你可以说你听来的事情。

老庞是认定我不放了,我说,好吧。

但是我怎么可能把自己没有亲身经历的事情讲述得生动感人呢?其实我心里还是有底的,因为于老师,因为月儿,他们的一点一滴都是能够拨动我心弦、牵动我思绪的。

所以以下的叙述,不是我自己亲身经历的,是我的父亲母亲,我的乡亲们,还有月儿,是他们从各个不同的角度提供给我的。

故事仍然从于老师的婚姻生活说起,这一年于老师已经四十五岁了,于老师又谈了一个对象,是邻村的一个姑娘小梅,三十多岁,没有结过婚,我的母亲告诉我,当时介绍给于老师的时候,大家都有些疑惑的,说三十多岁没有结婚,是不是有什么问题呢?村长去问那边的介绍人,介绍人说,没有问题的,当年她是村里一枝花,因为眼界高,就高不成低不就了,就耽误了。这样的解释既合理,又不合理,大家仍然觉得可疑,但是于老师态度积极,他说,我喜欢的,我喜欢的。

大家就笑了,既然于老师自己喜欢,那别人也就无法不喜欢,别人就算不喜欢,也不管用的,这样就正式地谈上了,看得出于老师确实是喜欢小梅的,小梅清清秀秀,文文雅雅,因为脸色有些苍白,所以感觉上是略带一点忧郁的,不像其他的乡村姑娘,脸红扑扑,粗粗拉拉的,不要说于老师看了喜欢,就连月儿,也是自王芳以后,头一次在于老师的对象面前露出了笑容,当然,这些情形,我并不知道,也是后来月儿告诉我的,月儿说,那一天,我见到小梅的那一刻,突然就觉得心中那一块沉重的石头掉下来了,从前人家说有一见钟情我还不以为然呢,我总觉得感情是相处出来的,但是那一刻我却相信了这句老话,别说于老师,连我这么挑剔的人,也能够看中小梅的。

如果一切正常,不用到这一年的年底,于老师的婚姻大事就要解决了,但是令人不忍的事情又发生了。

小梅有严重的心脏病,这就是她一直未能结婚的原因。在和于老师谈对象的日子里,小梅几次想告诉于老师,但话到嘴边又咽了下去,于老师一直蒙在鼓里,一直到小梅的病突然大发作的那一天。

父亲说,那一天的下午,我们正在田里劳动,就看到于老师和月儿急匆匆地跑过,当时村里的人都有一种不好的预感,但是不知道发生了什么事情。月儿后来告诉我,那天我陪着于老师赶往小梅家,小梅已经昏迷不醒,床边围了许多人,小梅的妈妈在哭泣着。

月儿说,我当时很奇怪,不知道他们为什么不去叫医生,后来才明白,小梅是老毛病了,经常发作,叫医生来,医生也是无可奈何的,也只是给一点速效救心丸之类的药急救一下。

当我们走进去的时候,有人说了一句,于老师来了,于是大家都无声地让开。于老师走到小梅床前,看了看,又扶住小梅的肩摇一摇,小梅,小梅,他说,你醒醒。

于老师的声音很凄凉,令人心酸。

小梅,我来了,于老师说,你醒来看看我呀。

月儿说,我真的无法承受这样的事情,老天对于老师太不公平了。

于老师不再说话了,他突然伸出两只手,按住了小梅的胸口,用力地推搡,围观的人里有人惊讶地"咦"了一声,但看到别人都屏息凝神,这个人也不再吭声,大家疑疑惑惑又充满希望地看着于老师两只手在小梅胸前按摩着推动着,推了好一会儿,于老师额上的汗珠冒了出来,小梅缓缓地吐出一口气,居然睁开了眼睛。

咦,咦咦,大家惊喜地发出了声音。

这是人工呼吸,有一个人说,于老师,是不是?

于老师点了点头,是人工呼吸,于老师把小梅扶起来,小梅就躺在于老师怀里,于老师喂她喝水,她也能喝一点了。

又有人问,人工呼吸要按胸脯的?

是的,于老师又说,还有一招我还没有用上呢。

那是什么?

嘴对嘴的人工呼吸，于老师将自己的嘴凑到小梅的嘴边，这样，这样嘴对嘴呼气，也是人工呼吸。

此时的于老师，给大家的感觉，有点怪怪的，月儿说，我心里总有点不踏实，虽然小梅醒过来了，但是小梅的病也瞒不了了，小梅家里人对于老师说，于老师，对不起，以前我们一直瞒着你，是因为最近小梅的病确实是好多了，我们都以为她会好起来的，所以没有告诉你，可是现在看起来……

于老师摆了摆手，不让他们再说下去。

但是他们都是老老实实的人，他们仍然是要把话说下去的，他们说，既然事情已经暴露，于老师，你看着办吧，你要回绝就回绝好了，我们也不会怪你的，要怪只怪我们家女儿命苦。

什么呀？于老师说，你们说什么呀？

说回绝呀。

什么回绝？于老师似乎不明白，这是因为他根本就没有那样的想法，当自己和一个女人谈了恋爱，双方都有感情了，后来知道一方有病，另一方立刻就回绝人家，这样的事情也是经常发生的，但是决不会发生在于老师身上，所以当于老师弄明白他们的意思是同意于老师回绝这门亲事的时候，于老师说，这怎么可能呢，我不会这样的。

但是她有病呀。

有病不要紧，我会帮助她治好病的。

小梅的病，他们吞吞吐吐地说，小梅的病，恐怕是难的。

他们真是很老实的人，换了稍微坏一点的人家，他们也许会赶紧趁机把小梅推出去，以后的事情，就是你于老师负责了，但是他们没有这样做，他们对自己的女儿，对于老师都是负责的。

难不怕的,于老师说。

月儿说,小梅的情况稳定下来后,我和于老师就往回走了,走在路上我的心很沉闷,我知道于老师会做出这样的决定,要不然他也不是于老师了,要不然也没有我的今天了,月儿说,但是我的心无法摆脱那种沉重的感觉,如果于老师不回绝这门亲事,意味着于老师又要背上一个沉重的包袱,于老师不仅无法享受婚姻的幸福,反倒又增添了无尽的烦恼。

难道这就是于老师的命?

那一天我并没有和于老师一起回来,月儿说,于老师执意要到镇上去一趟,我因为还有作业要批,就没有陪他去,在镇上发生的事情,是后来才听说的。

于老师在中药店看见了一个他意想不到的人——王芳,于老师起先以为自己看错了人,看花了眼,愣了几愣,也没敢去认她,倒是王芳先喊了一声于老师,于老师才敢确定她是王芳。

这一晃,已经二十多年过去了,很多年前,王芳就嫁到很远的地方去了,她离开了我们的小镇,离开了中药店,以后的许多年里,于老师到镇上去,经过药店的时候,总是侧着脸,好像王芳还在药店的柜台后面站着,好像王芳还在那里看着他,也好像整个事件是于老师对不起她王芳,所以他有些羞愧,有点难为情,不好意思再往药店里看,其实那时候王芳已经走了好多年,老中医也已经过世,中药店里的人,都是新面孔了。到了后来,这些新面孔也变成老面孔了,但是于老师还是不能正眼地去看中药店。

于老师是知道王芳早已经离开了,但是他就是不能克服自己内心的东西,一直到今天。

于老师走进中药店,竟然意外地发现王芳站在那里。

你,嘿嘿,你,于老师觉得十分意外,他有一点喜出望外的。

我回来了,王芳说,一时间,她有些伤感和冲动,她想不到于老师已经这么的苍老,于老师,你好吧?

我好的,我好的,于老师说,你回来了,我太高兴了。

王芳心里一阵难过,她说不出话来,他们一个柜台外一个柜台里站着,于老师显得有点难为情,这情这景,与当年是多么的相像。

你——

我——

月儿说,那一天于老师回来得很晚,我也一直没有睡着,我听见于老师在床上翻来覆去睡不着,后来就是开箱子的声音,我知道箱子底下压着一沓照片,都是于老师这些年来谈过的对象的照片,其中唯一的一张合影,是于老师和王芳的结婚照,其他都是女方的单人照片,我很小的时候,就偷偷地侦查过,所以我早就知道于老师的这个秘密,多年来,于老师经常在半夜里爬起来看这张照片……

后来我迷迷糊糊地睡去,然后是激烈的敲门声惊醒了我,那时候天刚刚亮,我心里一抖,不祥的预感再次拥到了我的喉咙口。

于老师已经去开了门,来的是村长,那时候我还没有穿好衣服,就在屋里听到了村长和于老师的对话。

于老师啊,村长的声音显得十分紧张不安,于老师,听说你昨天晚上到小梅家去过?

去过,于老师说,我还做了人工呼吸。

你和月儿一起去的?

一起去的。

那么后来呢,后来你有没有再去过?

于老师停顿了一下,他有点支支吾吾的,我,嘿嘿,我,没有,没有。

村长长长地叹息了一声,这我就放心了,村长这时候才说出来,小梅昨天晚上死了。

……

于老师你怎么不说话。

……

于老师你已经知道了?

……

哎呀呀,村长急了,于老师你说话呀。

忽然间我听到了于老师的呜咽声,压在心底里的呜咽,沉闷得像巨石一样的重。

其实这时候我们还不知道事情走上了岔路,小梅的家人发现小梅断气的时候,发现小梅身上的衣服被人撕破了,当村长终于把这件事情说出来,说清楚的时候,我的心又再次地抽搐了,抽搐得疼痛不已,为什么呢?难道我内心深处怀疑于老师?不,决不会的。

我冲出屋子,对村长说,你什么意思?

村长还没有解释,敲门声再次响了起来,我去开门,门口站着两个警察,我心里一慌,身上打起抖来,但是我立即咬着牙镇定下来,我挡住了门,我决不会让他们进来侮辱于老师。

我们只是来问问,一个警察说。

问也不许问,我是蛮不讲理的。

我们只是了解一点情况,另一个警察说。

我们家里没有情况可以了解的。

我们并没有认定是于老师做了什么。

我们是例行公事。

希望你们配合。

不配合,月儿的眼泪夺眶而出,就是不配合,就是不许你们冤枉于老师,就是不许你们进来!

村长走到前面来,他是想出来和事的,他对警察说,没有事的,没有事的,我已经问过于老师了,他只去过一次,是和月儿一起去一起回的。

警察拿出了于老师在药店买的滋补品。

这是什么?村长说,这是什么意思?

警察说,你们问问于老师,这是不是他送去的。

村长回头看着于老师,目光有些疑虑,你后来真的又去了?村长犹犹豫豫地说,你真的——

于老师点了点头。

远远地哭哭闹闹的声音越来越近了,是小梅的家人,他们本来都是老实巴交的人,他们一直都觉得于老师是个好人,因此他们想不到于老师会做出什么坏事情,但是眼前的事实让他们不得不往坏处想了,他们七嘴八舌说着,大意是说他们想不到于老师是这样的人,真是知人知面不知心,或者还说一些其他类似的话,这样一来,警察反倒有些尴尬了,他们又出来解释,说,他们来找于老师,并不能说明什么问题,只是问问情况。但是小梅家里的人却不再回头了,他们就认定于老师是一个坏人,跟来看热闹的也参加进来,说什么的都有,有的帮于老师,有的怀疑于老师。

怀疑的人说，知人知面不知心。

像于老师这样一直不结婚的人，是要出事情的。

也难怪于老师，这把年纪一直不结婚，换了别人，也会出事的。

总之他们虽然对于老师还是比较好的，但心里都觉得坏事是于老师干的，相比之下，帮于老师的人说话就没有多少分量了。

于老师不会的。

于老师是好人。

于老师是老实人。

只有这几句。

村长觉得自己应该帮于老师说几句的，但他一开口，就往歪路上引了，村长说，你们不要乱说，不管怎么样，小梅是于老师的未婚妻，就算有什么事情，也好说话的，村长这样一说，大家心里就想，噢，如果真是于老师，问题可能也不太大吧，反正本来都要结婚了……

大家正在混乱之间，突然就看见月儿高举着一根木门闩，从院子里冲向门口，大家还没反应过来，就听月儿大喊一声，滚！

她的木门闩将挤在门口的人全部扫到门外，砰的一声，大门被紧紧地撞上了，门里边传出月儿的痛哭声，于老师喃喃地，听不清他在说什么，但是他肯定是在劝慰月儿。

月儿讲述到这里的时候，长长地叹了一口气，后来当我再向老庞讲述，讲到这儿的时候，我也有点控制不住地叹了口长气，是为于老师，又像是为月儿，也像是为自己。我的情绪感染了老庞，停一停，老庞说，赵连生，你先停一停。

我停下来，接过老庞的烟。

我们一起默默地抽着烟，沉默了许久许久，老庞才说，那时候你不在场？

我不在。

老庞又沉默了。

又过了半天，老庞说，假如你在场呢？

假如我在场？面对老庞的问题，我一时有些发愣。

那是在我大学毕业的那一年发生的事情。

我知道你没有再回来，老庞说，但是现在我要暂时脱离你的真实的生活原型，我需要的是我们的重新设计，也就是我们要为于老师设计一个幸福的未来，在这个设计的未来开始的时候，就是你大学毕业回来了。

下面的事情，不是发生在我们的生活中，而是老庞的电影故事。

就在大家都认为我不可能回来的时候，我却又回到乡村，我可以在乡的卫生院做医生，也可以在镇上的高中里教书，甚至干脆放弃公职下了海，到家乡来创办像农业副业发展公司这样的民营企业，总之不管怎么说，电影里的赵连生大学毕业又回来了，也就是在警察上门找于老师的那一刻，我出现在现场。

其实我是没有什么作用的，一切该发生的还是在发生，一切不可能发生的还是不能发生，我不能扭转什么，更不能阻止什么或推动什么，我的到来，只是使月儿有了一个可以信赖的依靠。

月儿见到我的时候，哭着说，连生哥，他们欺负于老师。

我有一股英雄的气概油然而生了，我说，月儿你放心，我决不会让他们冤枉于老师的。

在隐去的背景里，我四处奔波，调查这件事情，我感觉自己肩负重任，我感觉到一切的道义一切的亲情都在我的奔波中展现了。

第二天早晨，于老师像往常一样来到教室，这里你们可能已经看出来问题了，生活中的于老师已经退休了，但是在我们这里，于老师仍然在做老师，还在上课呢。

于老师几乎已经忘记了昨天的不愉快，但是一个令人惊愕的情形出现了，教室里几乎少了一半的学生，于老师根本没有意识到出了什么问题，他还以为自己看错了上课时间，他看了看自己的表，时间没有错，他又怀疑自己看错了，重新又看了看，于老师有点奇怪了。

咦，他说，时间是对的呀。

来上课的不到一半的学生都怪怪地看着于老师，他们没有说话。

于老师这才想起问一问他们，同学们，他说，你们知道其他同学为什么不来上课吗？

不知道。

不知道。

知道。

噢噢，你知道的，你说吧，于老师笑眯眯地看着这个学生。

他们说，于老师是坏老师，这个学生说。

你才是坏老师。

你是坏学生。

其他同学抨击他了，这个说坏老师的学生自己也知道说得不好，他小声地嘀咕，不是我说的，是他们说的，他们说于老师是……

虽然有几个学生帮于老师,但是他们微弱的声音撑不起于老师突然垮下去的精神,于老师一下子陷入极度的沮丧。

于老师,你是好老师。

于老师,我们要你上课的。

于老师,我帮你去骂他们。

几个小同学已经极尽自己的能力,但是空荡荡的教室和空着的座位重重地刺痛了于老师的心,他猛烈地咳嗽起来,他的咳嗽声是那么的苍老、苍凉。

这件事情后来是警察调查清楚的,事情并不复杂,警察找到王芳,王芳告诉他们,那天晚上她陪于老师到小梅家里,后来又一起出来的,至于小梅的去世,法医也做了鉴定,死于心脏病突发,小梅身上的衣服,是她在最后挣扎时自己撕破的,没有什么真相大白的效果,也没有什么水落石出的结局,一个人因病死亡,应该算作是正常死亡,但是许多的人,几乎是大多数的人,竟然都以为与于老师有什么关联。

甚至连我,在一瞬间,也产生过疑虑和担心,月儿说这句话的时候,眼泪顺着她的脸颊无声地流淌着。

月儿问过于老师,她问于老师为什么不能告诉警察当时王芳是和他一起去的,于老师说,王芳是结了婚的人,其实那时候,王芳正在办离婚,她已经回到娘家,正等着法院的判决。于老师说,那我就更不能牵连她了,于老师就是这样一个人。

再下一天早晨,教室里坐满了学生,他们都穿着干净的新的衣服,纪律也是出奇的好,有的学生还提着吃的东西。

于老师,这是我妈妈给你的。

于老师,这是我奶奶给你的。

于老师,这是我给你的。

于老师感动得热泪盈眶,他对孩子们说,老师不要你们送吃的,老师只要你们好好学习,将来去考大学,你们怎么样才能考上大学呢,老师告诉你们一个诀窍,你们记住了,是四个字:熟能生巧……

懂了吗?

不懂。

这些都是电影里的内容。

第 2 章

事情过去以后,生活出现了暂时的浪静,在电影的镜头里,我和月儿坐在河边。当我已经坐在月儿身边了,我该说什么话,你们也都能够猜到了。

我掏出一枚戒指,笨拙地替月儿戴上了,我是学着别人的样子,拿来用在我自己的生活中了。月儿戴上戒指后左看右看,她的眼睛闪闪发亮,她抚摸着戒指,轻轻的,轻轻的,十分爱惜。我盯着她的一举一动,好像看到一个身披洁白婚纱的美丽新娘。我就这么呆呆地看着看着,但是意想不到的结果出现了,月儿摘下了戒指,小心地放在我的手心里,她说,你收起来吧,连生哥。

我不知所措,惊讶地看着月儿。

对不起,连生哥,我另有所爱了,月儿说。

我蒙了,蒙得思维都停止了活动,只能呆呆地盯着她的脸,甚至连她下面说的话我都不能完全听明白了。

月儿你不是开玩笑吧?

月儿你不能和我开这样的玩笑。

月儿你不能在这样的时候开玩笑。

月儿你说……

我紧紧盯着月儿，希望月儿扑哧一声笑出来，就像她从小到大那调皮的样子，就像她捉弄人以后快活开心的样子，但是我等呀等呀，始终没有等到她那扑哧一笑，只有她平平静静的脸色，她平静地摇了摇头，我不是开玩笑。

谁，你爱上谁了？

月儿不说。

你骗我。

月儿仍然不说。

你说谎。

月儿还是不说。

天色是黄昏的天色，远远近近的景色已经暗淡了，镜头转换处，是赵连生来到于老师那儿，他含着眼泪等待于老师告诉他什么。

于老师觉得莫名其妙，他看着连生痛苦的样子，赶紧说，连生，你知道月儿的，月儿从小就喜欢开玩笑的。

决不是开玩笑，连生心里是明白的，他虽然仍抱一丝希望，但心底里却有个声音在告诉他，这是真的，这是真的。

不可能的，于老师说，不可能的。

于老师当然是不能相信的，在连生读大学的四年中，开始的一些日子里，月儿这边，也是有人来提亲的，但是月儿从来没有动过一丝一点的心意，所以大家都说月儿在等连生呢，恐怕要等到连生那边有了确切的消息，有了对象，肯定不再回来了，月儿才可能考虑自己的事情。于是在后来的一些时间里，大家干脆也就不再上门了，他们都明白，他们等的其实是连生的消息。

只有于老师是坚信连生会回来的,于老师的信念如此坚定,又如此盲目。

于老师决不相信月儿会爱上别人而回绝了为了她才回到乡村的连生,于老师说,连生,你不要难过,我去问她。

紧接着就到了故事最关键的地方,紧接着月儿就说出了那一句话来,月儿说,我要嫁给于老师。

当然在月儿说这句话之前,于老师和月儿还是有几句其他对话的。

比如:

你不会是真的拒绝连生了吧?

是真的。

为什么?难道你真的爱上别人了?

是的。

不可能的,不可能再有比连生更好的人了,你不嫁连生你想嫁谁?

当那句话一说出来,所有在场的人都震住了。

在场的人有于老师、月儿,还有我,更确切地说,我是既在场又不在场,我是站在他们的窗外。

我们三个人同时震住了,虽然月儿很平静很坦然地说出了这句话,但是我知道她同样被这句话震动了,因为她说了这句话以后,再也没有声音了,我们三个人,窗里窗外,就这么沉默着,最后是谁先发出了声音呢,还是于老师。

于老师的声音听起来好像是从很远很远的地方传来的,已经不像于老师的声音了,月儿,你胡说什么?

我没有胡说,倒是月儿最先镇定了,她的声音经过内心的震动以后,也重新平静了,我没有胡说,我早就想说了。

你是我的女儿呀,于老师打断了月儿的话,我是你的爸爸。

不,月儿说,你从来不让我叫你爸爸,小时候,我要叫你爸爸,你坚决不肯的,你一直要我叫你老师,你不是我爸爸。

是爸爸。

不是爸爸。

是爸爸。

不是爸爸。

曾经在月儿被于老师领回家的那一天夜里,他们为了是爸爸和不是爸爸也争执过,只是那时候的称呼和现在正好是相反的。

是爸爸,月儿说。

是老师,于老师说。

爸爸。

老师。

现在他们又争执了,于老师是争不过月儿的,过去是这样,现在也是这样。后来月儿说,你不是我爸爸,所以,我要嫁给你。

于老师真的急了,他的额头上冒出了汗珠子,他急不择词地说,我,我不喜欢你。

月儿的声音有点变了,你不喜欢我?你怎么能说出不喜欢我这样的话?从小到大,一把屎一把尿,从小到大,你为我付出了多少,牺牲了多少,你为了我,自己……

于老师更急了,急得没有办法就脱口说,我,我不要女人,我不要女人。

你——月儿的伤心和难过彻底地爆发了,你不要女人?

月儿冲进于老师的屋子,把箱子底下的照片全翻出来,撒了一地,月儿指着其中于老师与王芳的合影,照片都被你的手磨破了,你还说你不要女人,你还说你……月儿痛哭起来。

这一切我是隔着窗子看见的,我是偷看到的,月儿的每一句话每一个字都撕裂着我的心,老师啊,月儿决不再让老师受半点委屈,月儿一定要嫁给老师,陪伴老师一辈子。

窗外的连生不在了,镜头转换,夜色笼罩着无垠的田野,月光下,田野中一片蛙鸣声。

第 3 章

　　喜剧的结尾是来得很突然的,为了让观众和剧中人都有一个意外的惊喜,老庞采取顺序倒置的办法,该交代的情节,放在后面,最后才解开包袱。但是叙述的主角仍然是我,赵连生。

　　于老师突然像变了一个人,精神焕发,神采飞扬,他在课堂上也得意扬扬的,讲课的时候老是想笑。

　　半懂不懂的孩子就问于老师了,于老师,你干什么开心?

　　于老师说,等一等,下课的时候,老师要宣布一个好消息。

　　孩子们都等不及下课了,于老师,你现在就说吧。

　　你快说吧。

　　你快说吧。

　　于老师说,好吧,既然大家都有这样的意愿,我是要众望所归的,就提前宣布了啊。

　　于老师宣布,他要举办一个大规模的隆重的婚礼。

　　嘿嘿嘿。

　　嘻嘻嘻。

哈哈哈。

孩子们都笑起来，他们跟着于老师一起开心，并且在课堂上就唱了起来：

> 于老师，做新郎，
> 欢欢喜喜入洞房。
> 于老师，心里慌，
> 不要新娘要亲娘。
> 妈妈妈妈我尿床，
> 妈妈妈妈我尿床。
> ……

这首唱于老师结婚的歌，从我们小时候唱起，一直唱到今天学生们还在唱，于老师每次听到，他都会开心地笑起来，现在于老师又听到学生们唱了，他笑眯眯地说：

同学们，等一等唱，现在还没有下课呢。

但是孩子仍然唱着，他们又换了一首新的：

> 出水鲜来活水鲜，
> 去年想你到今年。
> 去年想你真正苦，
> 今年夫妻甜又甜。

于老师在孩子们的哄闹声中，得意地说，同学们啊，你们知道我正在做什么吗？

不知道。

嘿嘿,于老师笑了笑,我正在拟定请客的名单。

请什么客呀?一个孩子问。

这个都不懂,另一个孩子说,吃喜酒呀。

吃喜酒吗,有没有我呢?

有没有我?

有我吗?

有我吗?

我也要吃的。

他们七嘴八舌起来,于老师笑得合不拢嘴,有的,有的,你有的,你有的,你,你,你们全都有的。

我会吃啤酒的,一个孩子说。

啤酒不算酒的,另一个孩子说,刷刷牙的。

那么你吃什么酒呢?

我吃黄酒的。

黄酒是女人吃的,再一个孩子说,我要吃白酒的。

他们吵吵闹闹,又一个孩子突然想起了一个重大问题,于老师,谁是新娘呀?

于老师突然神秘起来,他压低了嗓门说,嘘,到时候你们就知道了。

喜宴的日子终于来了,喜宴设在村会议室,这里布置得喜气洋洋,于老师在隔壁办公室里操纵指挥,他一副运筹帷幄的大将风度,不时地看看手表,有几个年轻的人候在他的身边,等候着他的指挥。

于老师终于发话了,时间已到,请出今天的主角。

立即有几个年轻人把我推了出来，于老师得意地说，连生啊，没有想到吧，今天的新郎是你呀。

我和他们对视而笑。

于老师又说，连生啊，这几天你心里一定很难过的，不过你不要怪老师这几天一直没有告诉你，一直瞒着你，老师是想给你来个惊喜的。好了，现在一切都好了，来，给新郎换新衣裳。

于老师话音未落，几个年轻人七手八脚地拉住于老师，脱于老师的旧衣服，于老师失去了风度，大声地叫起来，哎哎，你们搞错了，你们搞错了。

大家一边笑一边继续脱于老师的衣服。

于老师手舞足蹈，哎呀呀，哎呀呀，不是我，是他，是连生。

我笑眯眯地看着其他人硬是替于老师穿上了新郎的衣裳，我说，于老师，是你搞错了，不是我，是你。

不是我呀，不是我呀，于老师急了，不是我呀。

怎么不是你，就是你，他们架着于老师往大堂里去，于老师死命抵住，他的两只脚死撑在地上，但是抵不住这么多年轻人的拉扯，于老师一路叫喊过去，不是我呀，不是我呀，我不要结婚，我不要结婚……

但是他的叫喊毫无用处，于老师最后几乎是被抬到了大堂，一进大堂，于老师看到盖着红盖头的新娘，于老师急得要哭了，赶紧说，月儿，月儿，你要嫁的是连生呀！

众人哈哈大笑，村长将新娘的盖头一掀，于老师怔住了，新娘不是月儿，是王芳。

现在可以交代埋伏着的情节了，于老师得意在先，他以为自己设了个套子让别人钻的,哪里想到最后却是别人设套子给他钻了,只是在两个套子中间是有一段断裂的,前面的结尾是月儿要嫁给于老师,后来的开头却是于老师娶王芳,这中间肯定是一个断裂,月儿是怎么跨过这个断裂,从那边走到这边的呢?

这个过程在电影里是充分展现了的,但是在这里我不能详细说出来,我若是先透露出来,你们知道了底细,不再去看电影了,老庞会生气的,所以我只能拣不太关键的地方说一说,比如,老庞给月儿设计的发言。

老庞曾经给月儿设计过许多讲话内容,我记录下其中的一小部分。

岁月流逝,于老师为我们付出了很多很多,可能有人会在意,也可能没有人在意,但是于老师并不在意别人的在意或不在意,也不在意自己的得到和失去。在于老师生命流失过程中闪现出的光彩,就在于这光彩的本身,就在于老师付出的本身。这也许像一颗流星,自由自在,很快就划过天空,但是它毕竟给天空留下了一道美丽的痕迹。

但是这样的话,村民们是听不懂的,他们可能会寄希望于村长,但是村长也听不懂,他可能来问我,但是我不一定会去解释,因为我相信,有些东西,是不应该靠解释让人明白的。也可能村长以为自己懂了,他会解释给村民们听,但是村长解释的意思不一定就是月儿本来的意思,说不定和月儿的意思是相反的,但是有一点是可以肯定的,不管村长怎么说,村长对于老师的一片真情是不会让人误解的,村民们听了村长的话,他们会热烈地鼓掌,他们喝着于老师的喜酒,享受着于老师的幸福生活。

月儿向于老师深深地鞠了一躬，叫了一声爸爸。

这时候响起童声的画外音：

> 桑叶青了，
>
> 蚕也醒了。
>
> 桑叶黄了，
>
> 蚕吐丝了。
>
> 桑子红了，
>
> 蚕织茧了。
>
> 化成蝶了，
>
> 蝶飞走了。

电影结束了。

第 五 部

电影结束了,但是生活还在继续着。

生活被电影更改了,生活中的那个赵连生,是不会再回来了,他正在一天一天地向前走着,他与生存的世界有许多不融洽的地方,格格不入的地方,但是这没有关系,他会努力地一点一滴地去打磨这许许多多的不融洽,他早晚会和他生存的世界一起步入一个新的时代。也许他的精神和灵魂始终像于老师一样地被留在了后方,但是他的肉体肯定是在那里了。

在我的乡村,我是出息很大的赵连生,乡亲们都以我为荣的,他们会在平常的日子里和逢年过节的日子里常常地提起我,乡村学校里的老师也会拿我做孩子们的榜样,老师说,你们要向赵连生学习啊。

我当然是值得骄傲的,只是当我离开了那个地方,进入了这里的世界以后,我慢慢地明白了,我只是一个普普通通的农村孩子,我从前没有、现在没有、今后也不可能走出一条属于自己的独特道路。我的路,和许许多多从乡村考入大学的农村孩子是一样的,在大学里,我们谈恋爱了,城市出身的单纯的女孩子,她们驿动的心被我们的质朴、勤奋和好成绩所打动,甚至被我们的贫穷和艰苦所感动,因为爱情,我们忘记了我们本来来自两个不同的世界,我们认为只要有爱,任何的界限都是可以被打破的。事实也确实如此,当爱情来临的时候,是没有力量能够阻止我们的。

就这样于老师和月儿渐渐地成了背影,我憧憬着和吴慧成立幸福的小家庭,在城市里,在一个现代化的社区,在许许多多高层的公寓房的窗户里,有一盏灯是为我们亮着的。

吴慧的父母亲不喜欢我,出于知识分子的礼貌,他们对我还算客气,但永远是冷冰冰的。他们曾经严正地和吴慧谈过,他们是过来人,他们知道这里边可能出现和必将会出现的问题,但是吴慧是听不进去的,她那时候对我说,哼,还知识分子呢,一脑门儿的小市民思想,我激动地抱着她,吻她美丽的眼睛。

我们结婚、生孩子,随着岁月的流逝,盲目的爱情也渐渐地流逝了,我们的分歧越来越大,吴慧用得越来越多的一句话也是最流行又最通俗的一句话,我们没有共同语言。

这是我打心底里承认的事实,但是我常常不能明白,我们曾经是很有共同语言的,但是现在那些东西跑到哪里去了,它们是躲在哪里偷偷地窥视着我们,还是早已经离我们远去,再也不会回来了?

我和吴慧也曾经一次次地试图寻找它们,但是我们的努力总是失败,一次次的失败,将所有的失败的结果加起来,就酝酿了一个熟透了的词汇:离婚。

我们离婚吧。

离吧。

但是离婚的战斗不是速战速决的,拖拖拉拉,藕断丝连。吴慧的父母不赞成我们结婚,也同样不赞成我们离婚,还有孩子呢,还有一日夫妻百日恩呢,总之事情是拖泥带水的,不爽快。我们心里都明白,我们的婚姻已经死亡了,我们目前要做的事情,就是处理这已经死亡了的婚姻,处理的方法可能会有好多种,暂时我们还没有找到最合适让大家都能接受的方法。

我们维系着,如履薄冰。

事实上我是在沿着当代生活轰鸣而过的道路向前走的,有的路是必须走的,有的是可以走过也可以不走过的,但是我能够像很多人一样地知道我现在应该做什么,并且很清楚下一步迈向哪里。

但是于老师不是这样的,于老师的生活是没有方向感的,他的路途上充满了变数,连他自己都不知道会通向哪里。

这一切都是城市带给我的。

如果我没有出来呢,如果我和月儿一样没有考上大学呢?我会和月儿和于老师一起成为生活道路的守望者吗?

于老师是笨的,但于老师是让人喜欢的。

但是不管怎么说,不管我和吴慧分手还是继续共同生活,我都不会回去了,我已经属于这个城市,她也许不肯接纳我,可能自始至终都不承认我,但是我可以自己接纳自己,我可以自己承认自己,我以自己超凡的努力,日渐消除着我与城市的隔阂。

你们是不是已经感觉到了,故事的叙述者变了一个人,那个快活的勇敢的纯真的男孩不见了,取代他的是一个心情负重的情绪沉闷的男人,这是毫无疑问的,这就是我,改变了的我,我是被城市改变的,城市的力量无比的大。

我后悔吗?

不后悔的。

只是在夜深人静的时候，我会神游我的乡村，我会梦见于老师，我看见于老师在打算盘，我还能听到于老师念着，一上一，二上二，三上三，四上四，我会从梦中微笑着醒来，不知为什么，我从来没有见到过月儿。

在多年的婚姻的日子里，我的乡下的亲人和亲戚偶尔也来到我的城里的家，吴慧从来没有喜欢过他们。

但家乡来人又恰恰是我在乏味平庸的生活中最期盼的事情，我从他们那里，得到乡亲们的消息，得到于老师和月儿的消息。许多年以后，仍然如此，一直到这时候，我才明白，我心底里的那个结，始终没有解开过。

这个结你们都知道，就是月儿，在很长很长的时间里，我反反复复问自己。

我爱月儿吗？

我爱过月儿吗？

我对月儿的感情是爱吗？

我知道什么叫爱吗？

我无法回答自己，我曾经在十一岁的时候，对月儿说过一句话，我说，月儿，长大了嫁给我吧。

好的，月儿说。

我们拉了钩，手钩着手用力甩了三甩，这表示永远不变的意思，谁变谁是小狗。

这句话算什么呢？算是我的诺言吗？十一岁的孩子应该承担自己的诺言吗？

事实上也没有人关注我履行自己的童年的戏言，如果这世界上有一个人还暗暗地藏着这种希望，那你们知道，他就是于老师。

所以，我的心结，看起来是结在月儿身上，其实，仔细想想，更牵动我，让我于心不安的却是于老师。

其实老庞的电影只是选取了生活的某一段，它没有，也不可能穷尽生活，电影是有结尾的，但是生活没有尾声。

因为电影的缘故，我对自己的记忆产生出一些疑惑，有时候，我甚至搞不清这些内容是生活的还是电影的。在我大学毕业的那一年，我回家了，后来吴慧说那一次她是跟着我一起回老家的，那时候她对我的老家，对那个贫穷落后愚昧的地方充满了热爱和向往，她不怕山高水险，路途遥远，千里迢迢跟着我到了我的家乡。

但是我却记得我是一个人回去的，因为我是试图去履行我儿时的诺言的，我怎么可能带着吴慧，无论如何是不可能的。

其实我和月儿早已经是两股道上跑的车，我们不可能再走到一起去，我们不可能共同生活，我和吴慧可能结婚也可能离婚，但是我和月儿不可能结婚也不可能离婚，就是这样。

因为这样，我们就不再过分追求细节的真实了，吴慧确实跟我回过家乡，至于是哪一年哪一次，这都无关紧要了，总之只要吴慧一出现，所有的事情都明了，甚至哪怕吴慧不出现，哪怕她从头到尾都没有出现过，事情也会明了的。

所以，看起来似乎是因为出现了吴慧我才丢失了月儿，实际上大家都知道问题的根本并不在吴慧身上，是一种时空上的差异，月儿和于老师已经落在我们的后面了，这使得我和月儿永远地分开了。

在乡亲们的口中，于老师一点也没有变，他仍然是笑眯眯的，只是白头发越来越多，他到村里走走，背已经弓起来，村民们会和他打招呼，于老师，吃了啊。

吃了。

吃得落吧。

吃得落的。

忙啊。

不忙。

于老师在自留地上种蔬菜,下晚的时候,你可以看见于老师挑着粪桶去给蔬菜浇肥浇水,他精心地呵护着每一棵蔬菜,就像从前他呵护他的学生一样。经过那块地的人有时候还会听见于老师在和它们说话,他说,同学们,你们要努力啊。

别人也不觉得好笑,于老师的着三不着两,在他们看来,都是知识分子的特点,到底不一样的。他们说,像我们种田的人,怎么想得到去和庄稼说话呢,就算我们和庄稼说话,说出来也不是这样子的,到底是于老师,和我们不一样的,他和蔬菜说话,说得像回事似的,像教学生一样的,叫我们说,我们说不像的。

于老师种的蔬菜长得不错,这也是乡亲们要表扬于老师的一个内容,你看看人家于老师,一个教书的,种出来的菜,比我们种田人种出来的还要好。他们有时候会去向于老师要几棵菜吃吃,其实他们自己地上也有的,但是于老师的菜总是绿油油的,看起来让人特别地馋,所以他们就走到于老师的地边上。

于老师啊,要讨几棵菜了。

好呀好呀,于老师总是特别高兴,自己挑好了。

不好意思的,他们说,于老师,不好意思的,你辛辛苦苦种出来,我们来吃现成的。

哎呀呀,你说哪里的话呢,于老师说,你们也一直相帮我的,吃几棵菜算得了什么,你们说我的菜好,我就很开心了。

乡亲们拿了于老师的菜,心里也有些难受,他们总觉得没有尽到责任,于老师到现在还没有结婚成家,和他们是有些关系的,于是他们又提那个话题了,于老师啊,他们说,什么时候喝你的喜酒我们就真的开心了。

快的快的,于老师总是笑眯眯地说,快的快的。

但是后来于老师不再说快的快的了,于老师说,不急不急,不急不急。

于老师说不急,别人却急了,村长听到这个说法,就急得去找于老师,于老师啊,别的事情可以不急,这个事情不能不急了呀。

嘿嘿,于老师笑起来居然有些神秘的样子,他说,我知道的,我知道什么该急什么不该急。

关于于老师态度的变化,后来大家很快就明白了,于老师是要为月儿找对象了,于老师说,我的事情好商量。

其实那时候于老师已经替月儿看中一家人家了,就是德中家。于老师看中的是德中家的老三,老三职校毕业后在汾湖镇上工作,长得像模像样的,于老师看见了很喜欢他。

于老师到德中家去试探,他跟德中说,德中啊,你真好福气,有四个儿子呢。

什么好福气呀,德中说,养儿子有什么好,不如你好呀。

嘿嘿,于老师笑了笑。

养女儿吃苹果,养儿子吃乐果,德中说,我四个儿子,吃乐果都吃不了了。

德中告诉于老师,他四个儿子,要造四幢新房子,哪里造得起来呀,德中说,榨干我这把老骨头也造不起来的。

他们说话的时候,老三正好进来了,于老师看到老三,满心的欢喜,他想和老三说说话,但是老三好像不大开心的样子,好像有什么心事,他只是勉强地向于老师点了点头,就进屋了。于老师也很开心,好的,好的,他说,老三好的。

唉唉,德中却是沉浸在自己的苦恼中,怎么办呢,怎么办呢,德中想,我的四个儿子都到了要结婚的时候。

招一个女婿到人家去不行吗,于老师给他出主意,于老师的主意其实是给自己出的,他想把老三招到自己家里。

德中的头摇来摇去,不肯的呀,四个里边一个都不肯,不肯出去做女婿,都要赖在家里的。

老三呢?老三也不肯吗?

老三是最不肯的。

噢噢。

现在的小孩,你拿他们没有办法的,德中说。

你跟老三说说呢。

老三不好说的,说不听的。

那么,那么,于老师有点手足无措了,那么如果人家肯帮你来造一个房子,再把女儿嫁给你们老三……

嘿嘿,德中笑起来,展开了愁眉,嘿嘿,于老师说笑话,于老师寻开心了,哪能有这样的好事情。

如果有呢?

嘿嘿,没有的。

假如真的有呢?

假如真的有,那是我前世里积了德呀。

那就好,那就好,于老师说,那我就先告辞了。

德中送于老师出来,德中觉得于老师有点奇奇怪怪的,但是德中的思路一点也没有跟上于老师的想法,他根本就不知道于老师在想些什么、高兴什么,德中送走于老师的时候,自己嘀嘀咕咕,天底下哪有这样的好事,帮你造房子,还送女儿给你。

德中的老婆听到德中嘀咕,便问德中嘀咕什么,德中认为根本就不必去跟老婆说。

但是于老师却上了心思,从现在开始,他的努力方向更明确,目标已经就在眼前了,他要为老三造一座新房子,把月儿嫁给老三,于老师就去找村长了。

村长啊,于老师说,我要造房子了。

哎呀呀,好的呀,村长说,他一边说一边想起了什么事情,立即满脸笑起来,啊哈哈,于老师啊,会捉老鼠的猫不叫,你不声不响已经落实好了吗?

落实好了,落实好了,于老师的思路总是走岔,他也和村长一样满脸是笑,落实得好呢。

已经到了要造房子的时候了?

到了到了,马上就要造的,于老师说,造好房子就办事情了。

恭喜恭喜,村长长长地出了一口气,我的妈呀!

所以我要来请村长批土地造房子了,于老师把申请报告送给村长,村长你看看,是不是这样写。

村长也不要看于老师的报告,村长说,你于老师造房子还看什么看,难道我还能不批吗?

于老师说,报告要送到乡里的吧,乡里还要再批吗?

乡里当然是要批的,他不能不批的,村长说,他也不看看是谁造房子,于老师造房子,他乡里不能不批的。

嘿嘿,于老师开心地笑了,那就好。

村长就要拿出笔来签他的字了,许多年来村长就是这样做事情的,村里是有村委会的,一些事情应该是要村委会讨论决定的,但是村长总是说,村委会是谁,村委会就是我嘛,别人也没有什么意见,反正几十年过来了,都是这样的,村长的威信说高不高,有的村民也敢指着他的鼻子骂人,但是说低也不低,大大小小的事情基本上都是村长一个人说了就行了,所以在于老师造房子的申请报告上,村长只要签上他的名字,就等于村里同意了。就在村长拿笔要写字的时候,他随便地看了一眼报告,忽然就咦了一声。

咦,村长说,你造房子怎么造到德中那里去呀。

我当然是要造到德中那里的,我要是造在我自己这里,老三不肯的。

老三吗?哪个老三?村长说。

德中家的老三呀,于老师说。

咦咦,村长摸着后脑勺吃不透于老师了,于老师,你有没有搞错,你造房子和德中家老三有什么关系呢,他又不是你家的女婿。

嘿嘿嘿,于老师笑了起来,嘿嘿嘿。

村长呆呆地盯着于老师,从于老师的笑声中,他突然想到了什么,啊,啊啊?村长说,老三?女婿?

嘿嘿嘿,嘿嘿嘿,于老师光是笑。

这,这是怎么搞的呢,村长仍然摸不着头脑,你们什么时候结成的亲家,我怎么一点也不知道呢?

嘿嘿嘿,嘿嘿嘿,于老师仍然是笑。

村长过了半天才回过神来,他觉得事情有点不对头,就算老三做了于老师的女婿,这房子也不应该于老师造到德中家去呀。

这个我就不好批了,村长说。

怎么不好批呢？于老师急了，怎么不好批呢？

哪有这样的道理呢，村长说，你帮他造房子，他娶你的女儿，你是人财两空呀。

可是可是，于老师说，不这样德中不肯的。

这个德中，村长气得脸都红了，哪有这样的道理，这个德中，从前倒看不出是这样的人。

也不好怪德中的，于老师说，不是德中的事情，他们老三不肯做上门女婿的，所以——

所以你就去帮他们家造房子，村长说，于老师啊，人家都说知识分子精明，我看你这个知识分子，像个憨卵。

村长一急，土话粗话都出来了。

其实是一样的，于老师说，房子是老三和月儿住的，造在哪里都是他们住，一样的呀。

不一样的，村长坚持自己的观点，怎么是一样的呢，大不一样，造在他家，就是他的房子，造在你家，就是你的房子，怎么会是一样的呢。

村长呀，你听我说，于老师本来是站着的，现在坐了下来，他很耐心地要去说服村长，村长哎，你听我说。

哪知村长不听他说了，村长摆了摆手，叫于老师先回去了。于老师前脚走，村长后脚就到了德中家里，德中啊，村长说，你这心也太黑了。

咦，咦咦？

其实我们知道，德中是完全蒙在鼓里的，他哪里知道于老师的这一套如意盘算。

你不要装蒜，村长生气地说，在我的村里，不许你欺负人的。

我欺负谁了？

于老师，村长说，于老师是老实人，你就欺负他。

德中冤枉呀，德中莫名其妙的，德中说，村长哎，我怎么会去欺负于老师，我就算欺负你，我也不会去欺负于老师啊。

哼哼，村长说，你说的比唱的好听，你不欺负于老师，你叫他帮你造房子？我村长当了几十年，还没有见过你这样的东西，你叫于老师帮你造房子，他出钱出力，房子倒是你的了？

德中冤枉呀，他连什么事情都没有搞清楚，就被村长劈头盖脸地骂了一顿，到现在刚刚听出点所以然来，他才想起于老师来过的事情，想起于老师和他的对话，哎呀呀，德中说，于老师肯定是搞错了。

就这样村长和德中才发现是于老师那边出了问题，德中并没有和于老师攀亲家的想法，就算德中有这样的想法，要是老三不同意，德中也没有办法的，老三不听他的话。德中赶紧去告诉于老师，于老师啊，德中说，你搞错了呀，其实我并没有那样的意思呀，就算我有那样的意思，我们老三也没有那样的意思。

于老师觉得这个问题不难解决，他就到镇上去找老三。老三愁眉苦脸的，他甚至听不进于老师说的话，于老师说了一遍，老三说，你说什么？于老师又说一遍，老三仍然说，你说什么？于老师就再说一遍，老三终于听进去了，但是他好像仍然听不懂，他皱着眉头看着于老师，你是说，他想了又想，你是说，你要帮我造一幢房子？

是的呀，是的呀。

造房子要钱的。

嘿嘿，于老师笑起来，他觉得老三太老实了，思维简直就是直线形的,不转弯的,造房子当然要钱的,没有钱怎么造房子。

噢噢,老三仍然有点茫然,他又想了想,最后说,倒不如这样呢,于老师,事情也省得麻烦你了,不如你把造房子的钱交给我,我自己办了。

那么要多少钱造房子呢?于老师说,我积蓄的钱可能不够的,我准备出去再挣点钱回来的。

老三说,倒也不急的。

于老师说,急的,急的。

老三说,那你现在有多少先给我多少,我把造房子的准备工作做起来。

到这时你们可能已经发现了问题,当然是老三的问题,老三急需要钱,至于老三急需要钱干什么,也许他欠了债,也许他要投资什么,也许另外有用途,比如要用在女人身上,比如赌博,甚至是更不好的一些事情等等,反正现在于老师是一点也不知道的,于老师反而觉得自己的眼光十分准确,我就看得出老三是个老实的孩子嘛,于老师想,他高高兴兴地就把积蓄了一辈子的钱拿出来交给了老三。

老三拿着于老师这么多年的血汗和生命钱,可能不几天就花没了,他就又来看于老师,于老师啊,老三说,现在买建筑材料,不能赊账的,都要先付清钱款才能拿东西。

那是的,于老师说,那是的,现在的人信用不好,人家不敢相信呀。

所以我就难了,老三说。

我知道,我知道,于老师说。

于老师去借了高利贷,交给老三,老三低垂着眼睛,他没有敢看于老师热切的眼神，老三心里明白，这钱一到自己的手，立即就像幻影一样消失了。

这里进行的一切，月儿都不知道，她一直在小学里上课，于老师想给月儿一个惊喜，就去试探她，月儿啊，于老师说，你看德中家的老三怎么样啊？

月儿是聪明人呀，她一听就明白了。

不好的。

怎么不好呢，于老师急了。

就是不好。

为什么不好呢？

就是不好。

于老师心里有点难过，他是蛮看中老三的，但是有一点是肯定的，不用怀疑，于老师的一切好恶，都由月儿决定，月儿一定说老三不好，于老师不会坚持自己的想法，于老师只能喃喃地说，你说不好，那就、那就算了。

当然算了。

如果事情谈不成，于老师要去找老三把钱要回来，他觉得面子上很过不去，他觉得很对不起老三，但是为了月儿，于老师宁愿自己下不来台没面子。

而你们一定早已经想到，于老师交给老三的钱，他是一分也拿不回来了，不光钱的影子没有了，连老三的人影子也没有了，德中的老婆在村里哭哭啼啼地说，逃走了呀，老三逃走了，他欠了人家的钱，不还钱人家要他的命。

有人觉得这是真的，也有人觉得是德中家玩的花样，但是不管怎么说，于老师的钱是没有了，现在于老师被他的高利贷主追着讨债,于老师没有办法,他要进城去打工挣钱了。

关于钱的事情,于老师仍然是瞒着月儿的,别人也不敢和月儿说。于老师说要到县城去看看新鲜,待几天。于老师坐上拖拉机的时候,月儿在学校门口向他挥着手,月儿说,于老师,早点回来啊。

过了几天于老师没有回来,月儿有些心神不宁了,她在黑板上写字竟然写了一个错字,一个同学说,老师,你这个字写错了,月儿觉得十分不安,她对同学说,同学们对不起,老师有点心神不宁,思想不集中。

老师,你是在想于老师吗? 一个同学说。

老师,我们也想于老师的,其他同学都说。

老师,我知道于老师到哪里去了,一个同学忽然说了出来,于老师去打工了,他在工地上扛水泥。

谁说的?

我爸爸说的。

我爸爸也说的。

我爸爸也说的。

……

原来大家都知道,一切都是背着月儿的,月儿的眼泪夺眶而出,她拔腿就往县城去了。她丢下了她的学生,她什么也不要了,她只要找回于老师,为了这件事情,月儿后来受到批评,但是月儿不后悔,在月儿的生命里,没有于老师就没有一切,这是早就注定了的。

月儿终于在县城的一个工地的工棚里看到了于老师。于老师病了,蜷缩在肮脏的地铺上,月儿走到他的面前,他眼睛昏花,一时竟然没有认出月儿来。月儿扑到于老师身上大哭起来,回去,回去,月儿一边哭一边说,我们回去啊。

村长开着拖拉机到镇上接月儿和于老师,月儿抱着病重的于老师坐在拖拉机上,拖拉机往前开着,突突突,突突突,那个时刻,我正抱着我的儿子坐着另一辆拖拉机往镇上去,我们要到镇上坐车到县里去,再到县里坐火车回省城去,我们的拖拉机与于老师他们的拖拉机交叉而过,往前去了。在与于老师的拖拉机交汇的那一瞬,我朝拖拉机上望了一眼,我没有认出于老师和月儿,那是在冬天,他们穿着厚厚的灰黑色的棉衣,我没有能够看出是他们,我只是看到有两个人相拥在一起,他们几乎头靠着头。当我们的车子已经远去的时候,我们车上有人说,月儿把于老师接回来了。

什么?

刚才是于老师和月儿,他们把于老师和月儿的事情说了出来,他们说,月儿终于把于老师接回来了。

我回头望去,于老师的拖拉机已经在很远的地方,远得几乎看不清了,印象中只有他们的灰黑色的棉衣,我突然大叫一声:停车。

我们的拖拉机停下来,大家朝我看着,我的小小的儿子在我的怀里也仰着脸奇怪地看着我,不过他们都没有说话。

我能怎么样呢?我跳下车去追于老师,我追上于老师和月儿,我能对他们说什么?

拖拉机停了,我并没有动弹,机手等了我一会儿,他说,天色不早了,走吧。

我们的拖拉机重新又上路了,我仍然回头望着于老师的拖拉机,渐渐的,他们的拖拉机从我的视线中消失了。

爸爸,我冷,儿子往我的怀里钻了钻,我更紧地搂住了他,我想起来,当年于老师抱着月儿也是在拖拉机上,月儿受了伤,送医院,一路上嗯哼哼嗯哼哼的却是于老师。

嗯哼哼,嗯哼哼,大家都说,好像是于老师受了伤。